평범한 일상, 그리고 따듯함

평범한 일상, 그리고 따듯함

평범한 일상 속
우리의 이야기

장도영 지음

harmonybook

살아가는 게 쉽지 않겠지만 그래도

자신의 자리에서 묵묵히 살아내주셔서 감사합니다.

서문

문득 이런 생각을 하곤 한다. 세상은 점점 편리한 것들로 넘쳐나는데 왜 정신과 마음의 병을 앓고 살아가는 사람들이 늘어나는 것일까. 우울증과 공황장애 그리고 자살이라는 단어가 익숙해진 것을 보면 지금 우리가 살아가는 세상은 괜찮다고 말할 수 있을까?

딱히 불행한 것도 아니지만 그렇다고 행복한 일들이 있지도 않은 그런 일상, 느릴지라도 생각했던 것을 하나둘씩 이뤄가는 것 같지만 어딘가 채워지지 않는 공허함이 불쑥 찾아와 느끼는 괴로움.

하루에도 수십 혹은 수백 가지의 생각들이 머릿속에서 맴돌고 있지만 정확히 무엇을 뜻하는지 알 수 없어 정리가 되질 않아 고질병처럼 따라다니는 스트레스까지.

'어쩌면 나만의 이야기가 아닐지도 모른다는 생각'이 지금 이 글을 쓰게 만들었다. 이 책은 어떤 특정적인 메시지를 주지 않는다. 그리고 가르침과 깨달음을 얻을 수도 없을 것이다. 그저 우리가 살아가는 일상 속에서 느끼는 지극히 평범한 감정과 생각들을 담았다.

작은 소망이 있다면 읽는 이가 조금이나마 공감을 하고 위로를 받을 수 있는 따듯한 글이 되었으면, 정해진 형식이 없는 이 글들이 우리가 살아가는 평범한 일상처럼 와닿았으면 한다.

– 혼자만의 감정과 생각이 아니라는 것을 알았으면 하는 마음을 담아

장도영

1부 – 어쩌면, 우리 모두의 이야기

2부 – 다들 그렇게 산다

3부 – 완벽하진 않아도 나답게

1부

어쩌면, 우리 모두의 이야기

잠 못 드는 밤

언제부터인지 기억나질 않지만 꽤 오랫동안 숙면을 취하지 못하고 있다. 잠자리에만 누우면 여러 가지 생각과 걱정들이 머릿속을 맴돌기 시작하니 제대로 잘 수가 없다. 효과가 좋다는 명상, 심호흡, ASMR, 운동 등 다양한 방법을 써봤지만 꼬리에 꼬리를 무는 생각들을 잠재울 순 없었다.

왜 잠을 제대로 자지 못하는 걸까 도대체 왜? 아마 무엇이 됐든 '불안함'이란 감정이 가장 큰 요인이지 않을까. 그게 관계에서 오는 것이든, 과거에서 오는 것이든, 미래에서 오는 것이든, 아니면 현재에서 오는 것이든 다양한 불안함이 나를 잠들지 못하게 방해한다.

잠을 제때 자질 못하니 삶의 질도 현저하게 떨어진다. 평소면 웃어넘길 수 있는 일도 괜히 짜증이 나고 화가 치밀어 오른다. '나한테 무슨 문제가 있는 건가?'라는 생각마저 들 때도 있는데 다행히 자연스러운 현상이라고 한다.

내가 멘탈이 약한 건가? 싶지만 주위 사람들과 대화만 해도 대부분이 수면에 대한 스트레스를 받으며 살아가고 있다는 것을 알 수 있다. 나만의 문제가 아닌 우리들의 고충이라는 사실을 알게 되니 그래도 마음이 조금 놓인다.

지긋지긋한 불면증에서 벗어나고 싶다. 숙면을 취하고 다음날 햇살을 맞으며 눈을 뜨는 상상과 같은 일들은 바라지도 않는다. 그저 제시간에 편안한 마음으로 잠자리에 누웠으면.

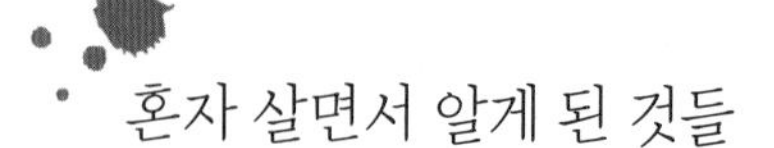

혼자 살면서 알게 된 것들

혼자서 살기 시작한 지 얼마 되지 않았을 때가 가끔 떠오른다. 드디어 개인의 공간을 갖게 됐다는 사실과 이제 온전히 나만 신경 쓰고 살 수 있다는 점이 기뻤다. 하지만 시간이 지날수록 불편한 것들이 늘어갔다.

밥을 해먹고 설거지를 하는 것부터 일주일에 한 번은 꼭 청소와 분리수거 그리고 빨래를 해야 한다는 사실이 당연한 것임을 잘 알고 있지만 점점 벅찼다. 거기다 변기 버튼이 내려가지 않아 태어나 처음으로 변기줄이라는 것을 교체했을 땐 그동안 내가 편하게 누렸던 것들이 전혀 당연한 것이 아니었다는 것을 알게 됐다.

함께 사는 누군가가 묵묵히 해주었던 것들 덕분에 편하게 살 수 있었던 것을 혼자 살아보니 느끼게 된 것.

그리고 집에 들어왔을 때 반겨주는 사람이 없고 혼자 밥을 먹을 때면 마주하게 되는 내 모습이 가끔 처량해 보인다. 맛있는 음식을 먹으며 재밌는 영상을 보고 웃고 있지만 내면은 그렇지 않은 느낌이랄까?

그래서 식구라는 말이 한 집에서 함께 살면서 끼니를 같이하는 사람이라는 것이 새삼 와닿았다.

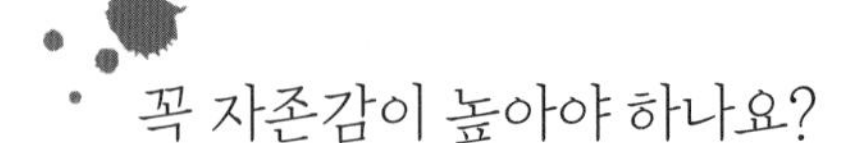

꼭 자존감이 높아야 하나요?

요즘 책이나 온라인을 보면 자존감에 대한 내용이 많은 것 같다. 사실 어렸을 때는 자존감이란 단어도 생소했을뿐더러 관심도 없었는데 나이를 먹어갈수록 왜 자존감이란 단어가 신경 쓰이게 되는 걸까.

그리고 보통 내용을 홍보하는 문구가 '자존감 높이는 법, 당신이 자존감이 낮은 이유, 이것을 보고 따라 하면 100% 자존감 향상됩니다' 등 마치 살아가는 대부분의 사람들이 낮은 자존감을 가지고 있는 듯한 뉘앙스를 풍긴다.

가장 이해가 되지 않는 부분은 그래서 결국은 자존감을 높여야 한다는 뜻인데 우리는 꼭 자존감을 높여야 하는 걸까? 그리고 높인다고 한들 그 상태가 평생 동안 유지가 될 수 있을까?

내가 이해하고 있는 자존감이란 것은 나를 사랑하는 마음이라고 생각하는데 과연 우리가 살아가는 내내 그 어떤 상황과 환경 속에서도 나를 사랑한다는 것이 가능한 일일까라는 의문이

든다.

나는 자존감을 높여야 한다는 말 대신 있는 그대로의 내 모습을 받아들이는 것이 더 중요하다고 생각한다. 못난 모습도 결국 나라는 사실을 인정하는 그 순간 우리는 외부의 시선에서 서서히 자유로움을 느낄 수 있을 테니.

자존감이란 타이틀로 인해 스트레스를 받지 말자. 이러나저러나 어차피 내 인생은 내가 산다.

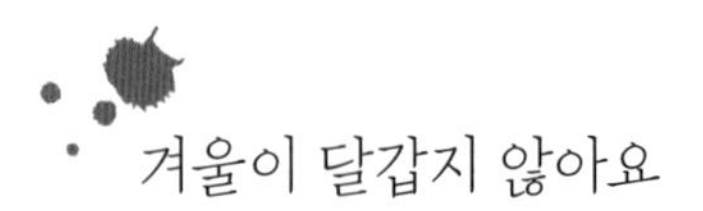

겨울이 달갑지 않아요

이 책을 써야겠다고 생각한 시기가 추운 겨울이 시작되던 때였다. 옷을 아무리 껴입어도 칼바람 앞에서는 속수무책이었고 길을 걸으며 코에서 군고구마와 붕어빵 냄새가 맡아질 때면 '아, 진짜 겨울이 왔구나'라고 실감한다.

예전엔 겨울이 되면 크리스마스와 새하얀 눈밭을 상상하며 기대되고 설레는 감정이 더 컸던 것 같은데 아직 오래 살진 않았지만 이쯤 되니 벌써 올해가 끝난다고? 뭐했다고? 시간이 참 빠르다는 다소 부정적인 생각들이 더 많이 든다.

거기다 한 살을 더 먹는다는 사실과 마주할 때면 왜 이렇게 씁쓸한 감정을 느끼는지. 점점 책임져야 하는 것이 늘어가고 할 수 있는 것들이 적어지는 현실에서 나의 마음은 마치 갈 곳을 잃은 것만 같다.

그래서 난 이제 겨울을 맞이하는 것이 썩 달갑지가 않다.

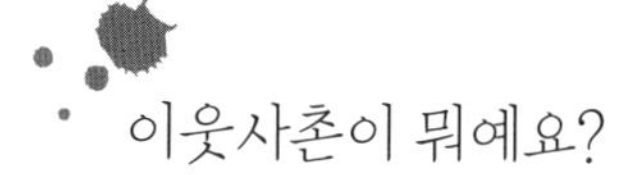

이웃사촌이 뭐예요?

글을 쓰다 머리가 욱신거리고 앉아있어도 손가락이 움직이지 않을 것 같을 때 그대로 멈추고 밖으로 나간다. 어차피 아무것도 하지 못한다는 걸 잘 알기에 차라리 그 시간에 산책하는 편이 낫다.

보통 집주변을 걷는데 가끔 근처 아파트에 있는 놀이터를 가곤 한다. 옛날 생각도 나고 뛰어노는 아이들을 보면 맑아지는 기분을 느낀다. 예전엔 바닥에 모래도 깔려있고 이것저것 놀 것도 많았는데 요즘 놀이터는 크기도 작고 대부분 바닥이 탄성고무로 되어있다.

구석에 앉아 한참을 멍 때리는데 어떤 남자 꼬마가 내게 다가왔다. 한 손에는 스마트폰을 들고 있었다. "아저씨 뭐 하세요? 누구세요? 000 이 게임 알아요?"라고 묻는 것. 당황했지만 어찌나 귀엽던지 저절로 입가에 미소가 지어졌다.

이후 나도 질문을 했다. '저기 혹시 이웃사촌이 뭔지 알아요?'

라고. 그러자 꼬마는 "그거 그 친척 말하는 거 아닌가?"라고 답했다. 비슷한 뜻이긴 한데 조금 다르다며 설명을 해주자 "아 그럼 옆집 사는 사람을 이웃사촌이라고 해도 되겠네요?"라고 말했다. 기특한 녀석.

아이는 이내 떠났고 텅 빈 놀이터를 바라보며 생각했다. 스마트폰이 생기고 삶은 더 편리해졌지만 이웃이라는 개념과 사람 간 대화는 없어지고 개인이 더 중요시되는 사회적인 분위기가 형성됐다. 꼭 스마트폰 때문이라고 할 순 없지만 큰 영향을 끼친 것은 확실한 팩트.

이젠 엘리베이터에서 사람을 만나도 인사는커녕 서로 눈을 피하면서 어색함을 참기 바쁘고 대중교통과 실내를 포함해 어디를 가든 대화를 하기보단 고개를 숙이고 스마트폰에만 집중한다.

한국의 문화 중 하나가 바로 '정'인데 지금 시대에 태어나는 친구들은 점점 그것을 알지 못한다는 게 씁쓸한 현실이다. 빠른 속도로 계속된 변화를 맞이하고 있는 지금 이 시대에서 올바른 방향성을 갖고 성장하고 있는지에 대해 한 번쯤은 되돌아볼 필요가 있지 않을까? 그게 사회든 개인이든.

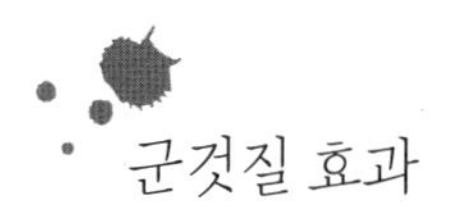

군것질 효과

나는 과거 술과 담배를 즐겼다. 스트레스를 받을 때 가장 빠른 시간 안에 해소가 되는 느낌을 받았고 어질어질한 그 상태가 잠시나마 걱정과 고민에서 벗어나게 해주는 것 같았으니까.

하지만 성대에 문제가 생긴 후부터 술과 담배를 끊게 됐는데 금단현상이 심하진 않았지만 대신 과자나 젤리 특히 아이스크림에 집착하는 경향이 생겼다. 극도의 스트레스로 인해 머리가 터질 것 같은 순간이나 불안한 생각 때문에 뇌의 피로감이 극대화됐을 때 단거나 아이스크림을 먹으면 잠깐이나마 숨통이 트이는 느낌이랄까?

나에겐 군것질이 기분전환을 가져올 수 있는 방법 중 하나였다. 치아와 뱃살에는 물론 좋지 않은 결과를 가져왔지만 그래도 정신건강에는 긍정적인 요소를 주었으니 그걸로 만족한다.

우리는 살아가며 다양한 순간들을 겪으면서 꽤 많은 스트레스를 받곤 하는데 그때마다 자신만의 좋은 기분을 느낄 수 있는 방법으로 생기를 되찾을 필요가 있다. 다만 몸에 해로운 것은 훗날 더 큰 화를 불러올 수도 있다는 것을 명심하자.

외로움 중독

어느덧 이성에게서 오는 사랑이란 감정을 느껴보지 못한지 꽤 오랜 시간이 지났다. 그동안 오고 가는 인연 속에서 관계를 이어갈 수도 있던 사람이 있었지만 무슨 이유 때문인지 좋은 결실을 맺지는 못했다.

처음엔 지금 하는 일이 바빠서 아니면 앞으로 먹고살아야 하는 문제들을 해결해야 하기 때문이라는 이유들로 둘러댔지만 시간이 오래 흐르다 보니 이젠 그 변명의 힘도 없어진 듯하다.

곰곰이 생각해봤다. 과거에 실패했던 사랑의 상처가 아직 치유가 되지 않았나? 그로 인해 상처받는 게 두려워서 용기를 내지 못하는 걸까? 끊임없이 생각을 해보니 어쩌면 난 외로운 상태를 계속해서 원하고 있었던 것일지도 모르겠다.

이루어지지 않을 것 같은 상대방에게 사랑을 갈구하며 나를 매몰차게 거절할 때까지 매달렸고 먼저 다가오는 사람에겐 마음의 문을 닫아버렸다. 그러곤 이런 생각을 했다. '아, 이번에도 역시 실패했구나. 난 사랑과 인연이 없나봐 정말'이라고.

하지만 그 순간들을 돌이켜보니 삶을 살아내는 원동력을 계속된 실패와 외로움에서 오는 열등감과 쓸쓸함으로 대체했던 것 같다. 그 방법이 효과는 있을 수 있지만 나의 내면을 망가뜨리고 있다는 생각은 하지 않은 채로.

나는 나도 모르게 외로움에 중독되고 있었다.

계절

봄이 오면 나들이를 어디론가 떠났다.
가벼운 옷을 하나 걸쳐도 포근한 날씨가 좋았고.

여름이 오면 유독 바다 생각이 많이 난다.
차가운 바다에서 수영을 해도 햇살을
맞으면 금세 따듯해지는 게 좋았고.

가을이 오면 평소보다 더 외로움을 많이 느낀다.
그래도 그 쓸쓸함에 묻어나는 편안함이 좋다.

겨울이 오면 올해도 시간이 참 빠르게 흘렀다고 생각한다.
나이 들수록 맞이하는 겨울이 달갑진 않다.

예전엔 계절이 오든 지나가든 크게 신경 쓰지 않고
앞만 보고 달려갔다면 이젠 그 계절이 찾아오고 가는
전체적인 느낌들을 바라보게 된다.
아, 점점 깨닫는구나.

‘지나간 시간은 다시 돌아오지 않는다는 것을’

부모님의 뒷모습이 보인다면

어느 순간 부모님의 뒷모습이 보이는 시기가 있다. 내가 기억하는 부모님은 항상 강하고 큰 존재였는데 언제 그렇게 된 것인지 처진 어깨와 삶의 고단이 드러나듯 외적인 모습이 많이 야위어있다.

아직 부모님이 살아계심에도 시간이 많이 흘렀다는 사실과 이제 함께 보낼 수 있는 날이 그리 많지 않겠다는 걱정이 마음을 무겁게 한다. 매번 잘해드려야지 전화도 자주 드리고 많이 웃게 해드려야지 다짐을 하지만 막상 현실에서는 왜 실천이 잘 안되는 것인지 참.

부모님이 내 어린 시절을 책임지고 보살폈듯이 이젠 내가 부모님을 보살펴드려야지 따듯하게 안아드려야지. 사랑합니다 아버지 어머니.

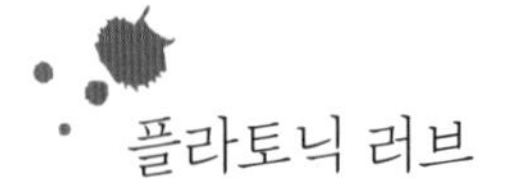

플라토닉 러브

지인과 함께 밥을 먹으러 근처 식당을 방문했다. 자리에 앉아 주문한 음식을 기다리고 있는데 옆 테이블에서 하는 이야기가 자연스레 들렸다.

내용이 조금 거칠었기에 모든 것을 다 적을 순 없지만 간단하게 정리하자면 어떤 이가 자신의 애인을 사랑하진 않지만 현재 외롭고 육체적인 욕구를 해소하기 위해서 어쩔 수 없이 관계를 이어가고 있다고 말했다.

헤어져도 상관없지만 그렇다고 다른 사람을 만나기는 귀찮다는 말을 듣곤 순간 내가 잘못 들은 건가? 싶었다. 나는 사랑을 잘 알지 못하지만 그래도 상대를 존중하지 않고 그저 이용하기 위해 만나는 것은 절대 아니라는 것만큼은 알고 있다.

물론 여기서 육체적인 관계가 중요하지 않다는 것은 아니다. 다만 정신과 마음으로 깊은 유대감을 이루지 못한다면 우린 과연 그것을 사랑이라 말할 수 있을까?

의미 없는 육체적인 관계가 흔해진 요즘 사랑이란 무엇인지 다시 한번 생각해보게 된다.

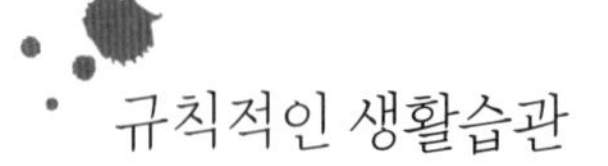

규칙적인 생활습관

불면증이 삶의 일부분이 됐다고 느낀 순간 이대로 가다간 정신과 몸 상태가 더 안 좋아질 것이라는 판단이 섰다. 뭐라도 해서 이 상황을 극복해야 한다는 생각밖에 들지 않았고 시도했던 것 중에 가장 좋았던 방법이 바로 규칙적인 생활습관 만들기다.

먼저 잠자고 일어나는 시간은 일이 생기거나 특별한 이유가 없다면 무조건 지켰다. 많은 생각들로 인해 밤을 새우다시피 했던 적도 있었지만 일어나는 시간을 지키다 보니 지날수록 '지금 내가 잠을 안자면 다음날 많이 피곤할 거야'라는 주문 같은 말을 세뇌시키게 됐고 효과가 있었다.

그리고 운동이 아니어도 좋으니 신체적인 움직임을 하루 일정량을 정해서 수행하는 것이 중요하다. 땀을 흘리면 더 좋고. 정말 귀찮으면 좋아하는 음악을 들으면서 조금이라도 걸어보자.

신체의 바이오리듬을 생각하면 가장 좋은 것은 아침형 인간으로 살아가는 것이겠지만 일이나 먹고살아야 하는 문제들로 낮과 밤이 바뀌어 살아가는 사람들도 있기에 이 방법을 굳이 추천하고 싶진 않다.

그래도 한 가지 꼭 말해주고 싶은 건 우리가 규칙적인 생활습관에서 얻을 수 있는 것은 바로 내 삶을 내가 통제하고 있다는 느낌을 받을 수 있다는 것이다. 이것만큼 내 마음을 안정되게 만들어주는 것도 없다.

거대한 목표가 아니었으면 한다. 오늘 하루 지금 당장 내가 할 수 있는 것부터 차근히 지켜나가는 건강한 습관을 만들어보자.

분명 똑같은 삶을 살고 있는데 무엇인가 바뀐 것 같은 긍정적인 효과를 나는 맛봤다.

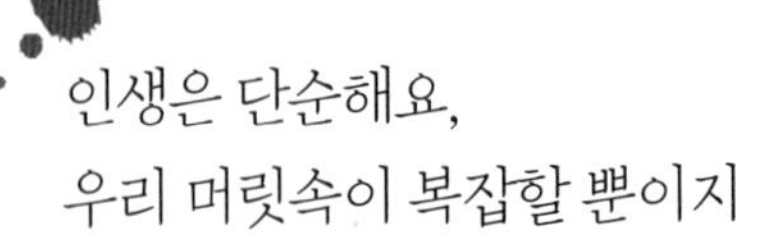

인생은 단순해요,
우리 머릿속이 복잡할 뿐이지

책을 읽는 사람들이라면 요즘 언어로 꼭 자기만의 '인생책'이 있을 것이다. 그냥 아무 이유 없이 그 책의 메시지가 나의 마음 속으로 온전히 와닿는 느낌이랄까? 잠을 안 자면서까지 그 책을 읽게 되고 글에서 느껴지는 의미에 대해 한동안 계속해서 생각한다.

나에겐 그 인생책이 바로 이석원 작가의 '언제 들어도 좋은 말'이다. 군대 시절 지인인 누나분께서 보내준 책이었는데 읽기 시작하자마자 뭔가에 홀린 듯 손에서 놓질 못했다. 군대 안이었음에도 불구하고 밥을 먹을 때도 화장실을 갈 때도 들고 다니며 봤으니까. 밤을 새웠고 하루 만에 완독했다.

나도 그런 경험이 처음이었기 때문에 스스로의 모습을 보고 놀랐다. 이 책은 묘사하는 방법이 정말 현실적이다. 작가는 개인의 정보를 신경 쓰지 않는 듯 솔직하고도 극사실주의인 스타일로 글을 풀어낸다.

기억에 남는 문장들이 많지만 그중 가장 내 마음속에 깊게 들어온 것은 바로 '인생은 단순해요, 우리 머릿속이 복잡할 뿐이지'라는 글. 처음엔 그냥 그렇구나 싶었지만 시간이 지날수록 곱씹으면 곱씹을수록 그 문장이 가진 뜻의 깊이를 체감했다.

우리는 살아가며 이미 벌어진 일에 대해 혹은 앞으로 펼쳐질 일에 대해 지레 겁먹고 많은 걱정을 하고 불안을 느낀다. 그냥 단순하게 생각하고 받아들이면서 살아가면 되는 것인데 뭐가 그리 무서워서 머릿속을 복잡하게 만들어 가는지. 지금도 이 글귀를 자주 본다. 난 단순함이 가진 힘이 좋다.

그런 시기

길을 걷는다. 주위엔 형형색색의 간판들이 강렬한 불빛으로 자태를 뽐내고 있다. 식당과 카페 안에선 사람들이 가득 차있고 시끌벅적한 소리들이 밖으로 새어 나온다. 길거리엔 술에 취해 비틀거리는 사람들 그리고 담배를 피면서 한숨을 내뿜으며 잠시나마 마음을 달래는 사람의 모습까지.

집으로 돌아가는 길 그날따라 왜 외로움과 공허함이 더 크게 느껴지는 것일까. 이 세상에서 나 혼자가 된 기분이라고 해야 되나? 온갖 부정의 기운이 나에게만 몰아치는 것 같은 상황을 마주한다.

도전했던 것들이 실패로 돌아왔고 원치 않게 누군가와 관계가 틀어졌으며 평소엔 괜찮았던 건강까지 말썽을 피운다. 우리는 가끔 그런 시기를 맞는다. 뭘 해도 안되는. 그럴 땐 많은 생각을 하는 것이 자신에게 해로울 것이다.

그저 그냥 그런가 보다 하며 가볍게 웃어넘기자. 당연히 잘 안

될 것이다. 그래도 그렇게 하는 척이라도 하자. 그러다 보면 어느샌가 그 시기가 자연스레 지나가 있다는 것을 느낄 수 있을 것이다. 모든 것은 다 지나간다.

품

우리는 살아가면서 때때로 누군가의 품을 그리워한다. 생각만 해도 따듯해지는 부모님의 품, 아무리 화나는 일이 있어도 한순간에 사라지게 만드는 사랑하는 연인의 품, 누군가에게도 말 못하는 고민을 허심탄회하게 털어놓게 되는 친구의 품 등.

이 모든 것들이 충족되지 않은 채 살아간다면 아마 우리는 불행하다는 생각과 자주 마주하게 될 것이다. 사회적으로 위치가 높더라도 돈이 아무리 많더라도 말이다. 사실 난 처음엔 인정하려 하지 않았다.

성인이라는 강박에 사로잡혀 모든 걸 스스로 해내야 한다는 무언의 압박을 나에게 해왔었다. 마치 난 누군가의 도움 없이도 잘 살아낼 수 있다는 것을 보여주기 위해서랄까.

하지만 지금까지 다양한 경험들을 하면서 깨달았다. 어떤 일을 해나갈 때 가장 중요한 것은 스스로의 생각과 마음 그리고 의지이지만 타인의 도움이 없었다면 불가능한 일들이 많았을 것이라는 걸.

특히 내가 힘들 때나 외로울 때 그리고 누군가의 품이 그리울 때 그 마음을 제때 해소하지 못했다면 아마도 삶의 의지력이 떨어져 해내지 못했던 일들이 많았을 것이다. 내가 지금 누군가의 품을 그리워하는 것처럼 훗날 누군가가 나의 품을 그리워할 수 있는 사람이 되고 싶다. 떠올리기만 해도 마음이 따듯해지는.

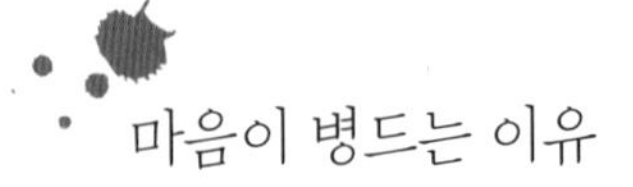

마음이 병드는 이유

마음이 병드는 이유는 여러 가지가 있겠지만 그중 한 가지는 현재 내가 갖고 있는 마음과 다른 말을 해야 할 때다. 속에선 간절하게 무엇인가를 말하고 싶지만 불확실한 상대의 반응과 거기서 오는 상처와 보복이 두려워 다른 말을 꺼낸다.

마음에선 '이렇게 해'라고 시키지만 머리에선 '그건 절대 안돼'라고 답한다. 어떻게 하는 것이 맞다고 하기엔 복잡하고 어려운 감정들이 겹쳐있다. 한 가지 확실한 건 내가 정말 간절하게 원하는 그 말을 못하면 못할수록 점점 마음이 병들어간다는 것.

만약 말을 하더라도 내가 기대했던 반응과 다른 의견을 듣는다면 얼마나 아프고 힘들지 알기에 참 어렵다. 앞으로 삶을 살아가며 바람이 있다면 마음속에서 간절하게 원하는 그 말을 솔직하게 하면서 살아가고 싶다. 마음이 병들지 않게.

그냥 그래

좋은 일이 생겨도 온전히 기쁘지 않고

나쁜 일이 생겨도 무덤덤하다.

점점 감정의 기복이 줄어들고

평정심을 찾아가는 듯하다.

발생하는 모든 일에 대해 큰 감흥이

없어지고 느껴지는 감정은 '그냥 그래'

분명 안정감은 생긴 듯하지만

왜 찝찝한 기분이 드는 걸까.

같은 일상으로 반복되는 하루가

힘겹고 버거운 때가 있듯

내 인생도 그런 시기겠거니

여기고 생각하려 한다.

그래도 큰 탈 없이 건강하게

살아갈 수 있음에 감사하다.

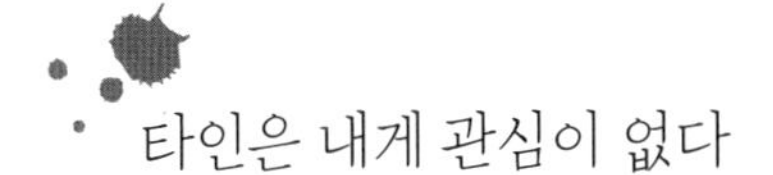

타인은 내게 관심이 없다

한때 인간관계로 인해 많이 힘들었던 시기가 있었다. 모든 사람에게 좋은 사람이 되고 싶다는 욕심도 있었고. 하지만 사람의 성향과 성격은 제각각이기 때문에 잘 맞는 사람이 있듯 나와는 맞지 않는 사람도 있다.

나와는 맞지 않다는 이유만으로 그 사람이 틀렸다고 생각한 적도 있었다. 하지만 시간이 지나 알게 된 것은 다르다는 게 틀리다는 것을 뜻하진 않는다는 것. 그저 다름을 인정하고 누군가를 미워할 이유도 없으며 나와 잘 맞는 사람과 함께 관계를 맺으며 살아가면 된다.

그리고 내가 타인에 대한 집착 증세가 확실하게 없어진 계기가 있었는데 내가 생각하는 것만큼 타인은 내게 관심이 없다는 것을 알게 됐을 때다. 몇 년 전 그때 당시에는 술을 먹었기 때문에 친구들과 한잔 걸치고 있었다.

그날따라 과하게 음주를 했던 것도 있었고 기분도 좋지 않았다. 그러다 모르는 사람과 시비가 붙었는데 평소 같으면 그냥 지나쳤겠지만 그날은 계속해서 반응을 했고 주먹다짐 직전까지 가는 상황이 벌어졌다. 할 수 있는 욕은 다했던 걸로 기억한다. 하마터면 정말 이성을 잃을 뻔했다.

그 자리에 뒤늦게 합류한 친구의 지인들도 여럿 있었기 때문에 피해를 줬었는데 다른 것보다 술을 먹고 부끄러운 짓을 했다는 사실이 나를 괴롭게 만들었다. 그렇게 자책을 계속하며 '왜 그랬을까'에 대한 생각을 많이 했었는데 꽤 오랜 시간 나를 괴롭혔던 사건이었다.

그러다 오랜만에 다시 친구들과 친구의 지인들을 만나게 됐는데 나는 기회다 싶어 마음의 짐을 좀 덜 겸 그때 그렇게 행동을 해서 미안하다는 말을 꺼냈다. 그러자 "무슨 소리 하는 거야 우리가 그런 일이 있었나? 기억이 잘 안 나네"라는 반응을 보였는데 순간 당황했다.

결과적으로 나만 그 사건에 대해 기억을 하고 있었다는 것이다. 친구들과 친구의 지인들은 그날 일을 잊어버렸다는 사실도 모른 채. 순간 망치로 뒤통수를 맞는 느낌이 이런 건가 싶었다. 내가 이것 때문에 얼마나 스트레스를 많이 받았는데 후.

그날 확실히 깨달았다. 타인은 내가 생각하는 것만큼 나에게 관심이 없다는 것. 그게 어떤 경우에서든지 말이다. 우리는 살아가며 타인의 시선에서 완전히 자유로울 순 없는 것이 사실이지만 한 가지 꼭 기억해야 되는 것이 있다. 타인은 정말로 내게 관심이 없다.

뷰티 인사이드

누군가 내게 "혹시 취미가 어떻게 되세요?"라고 묻는다면 사실 뭐라고 답을 해야 할지 잘 모르겠다. 글을 쓰고 운동을 하는 것 이외에는 생각나는 것이 없다. 맞다. 나는 재미없게 산다. 근데 그것에서 오는 평안함이 좋다.

그래도 가장 많이 하는 것을 말하라면 영화와 드라마를 보는 것을 좋아한다. 지금까지 봐왔던 작품들 중 내가 생각하는 사랑에 대한 가치관과 가장 흡사한 영화가 있는데 백종열 감독의 '뷰티 인사이드'다.

지금까지 여러 번 다시 봤을 정도로 내 감성과 아주 잘 맞다. 간단하게 영화에 대해 간략히 설명하자면 여자 주인공이 사랑하는 사람을 만나게 되는데 그 상대방의 외면이 날마다 바뀌는 것이다. 성별 나이 상관없이 계속. 현실에선 당연히 불가능하다는 것을 알면서도 감정이 많이 이입이 돼서 봤다.

처음엔 매일 낯선 모습의 사람을 만나는 것이 신기하기도 하고 마음이 중요하다는 것을 알기에 행복한 감정만 느꼈다. 그러나 시간이 지날수록 자신의 가족과 지인들에게 조차 소개할 수 없다는 현실, 상대방이 자신의 손을 잡아주기 전까진 얼굴을 보고 찾을 수도 없다는 것에 상처를 받고 좌절을 겪는다.

중간에 잠시 헤어짐이 있었지만 결국 여자 주인공이 프라하에 있는 상대방을 찾아가면서 해피엔딩으로 마무리된다. 이 영화에서 가장 좋았던 것은 겉모습이 아니라 내면에 포커스를 뒀다는 점이다. 물론 외적인 모습과 어떤 직업을 갖고 사회적인 위치에 있는지가 중요하다는 것을 잘 안다.

하지만 난 나의 내면을 더 바라봐 줄 수 있는 나 또한 상대방의 내면을 더 어루만져 줄 수 있는 그런 사랑을 하고 싶을 뿐이다. 가끔 극심한 외로움이 느껴질 때마다 이 영화를 다시 보곤 한다. 언젠가는 '그런 사랑'을 할 수 있으리라 믿고 있다. 그날이 오기 전까지 더 좋은 사람이 돼야지.

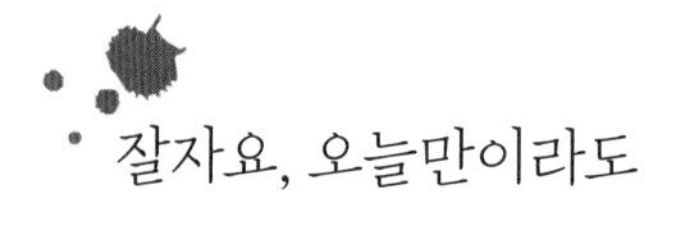

잘자요, 오늘만이라도

빠르게 흘러가는 세월

내가 잘 살아가고 있는지에 대한 고민

앞으로 펼쳐질 미래에 대한 걱정

진짜 어른으로 성장하고 있는가에 대한 불안감

막막하고 답답한 현실이 버거운 지금

우리는 눈을 감고 잠을 청하지만
우리의 마음은 편히 잠들지 못하네

부디 잘자요, 오늘만이라도

밖으로 나가야 하는 사람들

20대 초반까지만 해도 밖으로 나가 노는 것을 좋아하고 사람을 자주 만나던 나였는데 지금은 집에서 나가지 않고 안에 있는 것이 편안해졌다. 글 쓰는 걸 좋아하는 것을 떠나 혼자만의 시간이 필요했다고나 할까.

이런 경우에는 상관이 없다. 다만, 자신이 직접 집돌이 혹은 집순이라고 칭하는 사람들이 있는데 정말 그렇다면 괜찮지만 그 실상을 들여다보면 무기력증이나 우울증을 앓고 있는 사람들이 있다.

지금 나의 모습이 내가 보기에도 너무 별로인 것 같고 불안정한 현실과 불확실한 미래에 대한 스트레스가 도를 넘어 도저히 스스로 컨트롤을 할 수 없는 상황까지 갔을 때일 것이다.

누구도 만나고 싶지 않고 의욕이 없어 아무것도 하고 싶지 않을 것이다. 그때 할 수 있는 거라곤 생계를 위해 꼭 해야 하는 일이 아니라면 최대한 눈을 감고 잠을 자 현실에서 도피하려는 행동뿐. 나아질 것이란 기대를 하기보단 아무 생각도 하고 싶지 않은 것이다.

그럴 때일수록 밖으로 나가야 한다. 계획이 없어도 좋고 아무것도 하지 않아도 된다. 씻지 않아도 되고 옷을 후줄근하게 입어도 된다. 그냥 나가서 일단 걷자. 가능하다면 자신이 좋아하는 노래를 들으면서.

그리고 심호흡을 크게 한번 하면서 실외 공기를 폐 끝까지 느껴질 정도로 마셔보자. 후에 천천히 걸으면서 주변을 관찰해보는 것이다. 내가 사는 곳 주변엔 무엇이 있고 사람들은 뭘 하고 있는지 등.

그런 날들을 반복하면서 사람 사는 모습을 관찰하다 보면 '아, 참 많은 사람들이 다양하게 살아가고 있구나'라는 것을 느끼는 때가 온다. 그게 포인트다. 우리는 모두 다른 존재이며 다양한 방식으로 삶을 살아가고 있다. 그러니 전혀 타인과 비교할 필요가 없다는 것이다.

집 혹은 방안에만 있으면 온갖 부정적인 생각들이 쏟아질 것이고 아무것도 하지 않으면 정말 아무 일도 생기지가 않는다. 그러니 이제 그만 침대에서 일어나 옷을 입고 신발을 신고 나가보자.

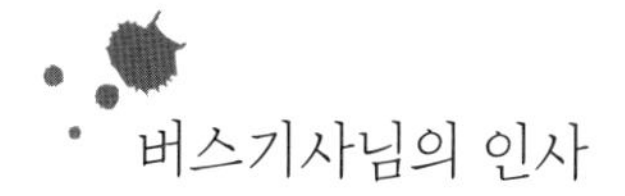

버스기사님의 인사

차가 없는 나는 지하철보단 버스를 선호하는 편이다. 길이 막히더라도 자리에 앉아 바깥을 바라보며 하는 생각들이 나에겐 너무 소중하다. 그 이외에는 집에서 혼자 있을 때를 제외하곤 방해가 되는 요소들이 많아 집중하기가 쉽지 않다.

버스를 타면 기사님들의 다양한 스타일을 볼 수 있는데 대표적인 두 가지는 급한 성격을 티내는 분과 아무 감정이 없는 듯 그저 무표정으로 묵묵히 자신의 역할을 수행하시는 분.

첫 번째 기사님들은 탑승자가 무엇을 물어보려고 하면 화가 난 듯한 톤으로 대답을 하는 것은 기본이고 운전을 레이싱 하듯 하는데 노고를 모르는 것은 아니나 그래도 순간적으로 짜증이 밀려오는 것은 어쩔 수 없다. 차라리 두 번째 기사님들의 버스를 타면 무난하게 이동을 할 수 있어 마음이 한결 편안하다.

그날은 병원을 가기 위해 항상 타던 번호의 버스를 탔는데 카드를 찍으려고 할 때 기사님께서 “어서 오세요. 날이 많이 춥

죠?"라고 말하며 미소를 짓는 것. 사실 어렸을 때는 많이 겪었던 일이라 아무렇지 않았는데 요즘 시대에 이렇게 친절한 기사님이 계시다고?

누가 알아주는 것도 아닌데 탑승하는 모든 분들에게 웃으면서 짧은 인사말을 건네셨고 심지어 내릴 때도 큰소리로 "좋은 하루 보내세요"라고 말씀하셨다. 그 모습을 보고 있는데 왜 내 마음이 따듯해지는 것 같은 기분을 느낄까.

나는 평소에 어떻게 사람들을 대했는지 되돌아보게 됐다. 나의 작은 말과 행동이 누군가에게 기쁨을 줄 수도 하루를 따듯하게 만들어줄 수도 있다고 여기게 되니 마음가짐을 다르게 가져야겠다고 생각했다.

기사님, 성함은 알지 못하지만 아직도 그때의 미소와 말들이 떠오르곤 하네요. 다음에 우연히 다시 만나게 되면 저도 웃으면서 인사할게요. 앞으로도 많은 분들에게 따듯함을 전해주세요. 감사합니다.

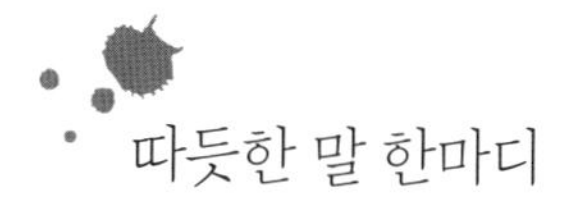

따듯한 말 한마디

우리 부모님은 성별이 바뀐 듯한 모습을 보이셨다. 어머니가 무뚝뚝하고 표현을 잘 못하는 편이었다면 아버지가 오히려 여성의 감성을 가진 스타일이라고 할까. 그래서 아버지는 항상 자주 하는 말이 있으셨는데 "따듯한 말 한마디 해주는 게 그렇게 어려운 거야?"

물론 사람의 성향에 따라 표현을 잘하기도 못하기도 하지만 '따듯한 말 한마디'에 대한 중요성에 대해선 곰곰이 생각해보게 된다. 나도 삶을 살아오며 힘들거나 위기의 순간마다 떠오르는 말들이 있었는데, 예를 들어 외부에서 나를 공격하고 있는 듯한 느낌을 받을 때 그 따듯한 말들이 나를 지켜주는 방패 같은 역할을 맡고 있는 것 같다고 할까나.

타인이 내게 해줬든 책이나 미디어에서 본 것이든 그 말과 글들이 나에게 주는 영향은 생각보다 더 크다. 중요성을 알고 나서부턴 언제 어디서든 말을 할 때 바로 나가는 것이 아니라 여러 번 머릿속으로 생각해보고 하게 된다.

그리고 내가 누군가에게 들었던 말이 큰 힘이 되듯 나도 누군가에게 그런 말을 하고 있는지에 대해 스스로를 돌아본다. 괜히 '말 한마디로 천 냥 빚을 갚는다'란 속담이 있는 게 아니라는 것을 새삼 느꼈다.

앞으로 어떤 삶을 살아가게 되든 따듯한 말을 할 수 있는 사람으로 살아가고 싶다. 그런 사람들이 많아진다면 각박한 세상이 조금이라도 더 유연해지지 않을까.

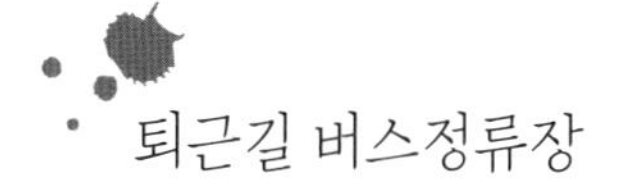

퇴근길 버스정류장

일과 관련된 미팅이 잡혀 오랜만에 서울로 향했다. 높고 빽빽한 건물들과 수많은 차와 사람들의 모습이 조금은 답답한 느낌을 가져다준다. 역시 서울은 화려하면서도 항상 바쁜 도시이구나 싶었다.

회의를 기분 좋게 마치고 집으로 돌아가는 길 먼저 시내버스를 타고 환승을 하기 위해 서울백병원 버스정류장에서 내렸다. 퇴근시간이어서 그런지 직장인 분들이 많았는데 그 좁은 공간에서의 눈치싸움이 생각보다 더 치열했다.

기사님께서 좌석수가 다 차면 문을 닫아버리기 때문에 너도 나도 먼저 타기 위해 맨 앞으로 가기도 뛰기도 했다가 버스가 멈출 것 같은 곳에 미리 서있기도 한다. 짜증 섞인 표정이 모든 사람의 입장을 대변하는 듯한 느낌을 받았다. 나도 빨리 집으로 가고 싶은 마음 때문에 그 경쟁에 참여했다.

그러나 첫 번째 그리고 두 번째 다섯 번째 버스까지 이미 만석이었기 때문에 탈 수가 없었다. 날은 추웠고 계속 서있다 보니 예민성이 극대화가 되는 상황을 맞았다. 예전 같았으면 탑승을 할 때까지 버텼겠지만 시간이 아까운 것을 알고 나선 차라리 그 시간에 다른 일을 하고 사람들이 많이 빠지면 여유 있게 타는 것이 효율적이라는 결론을 내렸다.

근처 식당에서 밥을 먹고 그날 해야 할 일을 하니 한 3시간 정도가 흘렀을까 이젠 사람이 없겠거니 싶어 다시 버스정류장으로 향했다. 아까 그 장소와 같은 곳이 맞나 싶을 정도로 조용했고 경쟁이 과열됐던 버스를 타는 일은 순조로웠다.

좌석에 앉고 창밖을 바라보며 생각했다. 무엇을 하든 너무 과한 상황과 마주하게 될 때 잠시 쉬어가든지 아니면 다른 방법을 추구해도 되겠다고. 남들과 굳이 똑같은 방법을 고집할 필요는 없다고 말이다. 아마 다음부터는 서울백병원 버스정류장에서 버스를 기다리는 일은 없을 것 같다. 차라리 조금 걸어서 전이나 전전 정류장을 가서 타는 게 나을 것 같으니.

명절

옛 기억을 더듬어보면 설이나 추석 때 가족과 친척들이 모두 모여 맛있는 음식도 해먹고 여러 가지 놀이를 하거나 특집으로 방영해주는 영화와 방송 프로그램을 보면서 함께 웃고 떠들었던 추억들이 떠오른다.

평소에 먹지 못하는 맛난 것을 먹고 용돈도 받으니 그때의 기분은 한마디로 표현하자면 '최고' 그 자체. 그런데 어느 시기부터 제사를 지낼 때를 제외하곤 명절이 되더라도 친척들이 모이지 않고 각자의 식구들끼리만 시간을 보내게 됐다.

어린 마음에 부모님께 '왜 설이나 추석 때 예전처럼 모이지 않나요?'라고 물었지만 돌아오는 대답은 "이제는 모이지 않는 게 자연스러워진 것 같아"라는 어떤 뜻이 담긴 것인지 파악하기 어려운 말이었다.

정확히 언제라고는 말하기가 애매하지만 우리나라의 문화와 추세를 보면 예전만큼 가족이나 친척들과의 끈끈한 유대감이 있지 않고 이제는 개인이 더 중요시되는 모습을 보이고 있다. 아마 이것이 이제는 명절이 되더라도 무조건적으로 모이지 않는 일을 만들어낸 것이라 생각한다.

뜬금없는 생각일수도 있겠지만, 우리나라는 점점 살기 좋은 곳으로 변해가고 있지만 원래 추구했던 '더불어 사는 사회'의 가치가 없어지고 있다는 느낌을 받곤 한다. '정'하면 한국이었는데 말이다. 물론 모두 그렇다는 것은 아니지만.

그래도 가끔 예전 명절 때의 추억을 되살리며 흐뭇한 미소를 지을 수 있음에 감사하고 있다. 훗날 내가 마음이 맞는 배우자를 만나 가정을 꾸리게 되면 자식들에게도 우리나라만의 특별한 명절 문화에 대한 좋은 추억을 만들어주고 싶다.

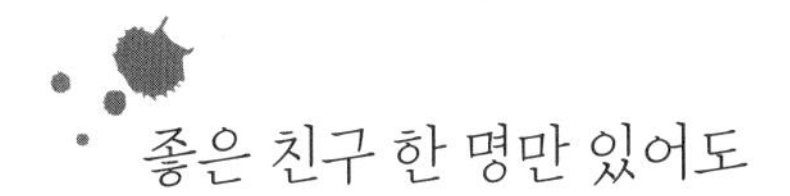

좋은 친구 한 명만 있어도

사실 나는 고등학교 때까지 친구라는 존재가 왜 필요한지 잘 몰랐다. 운동선수의 삶을 살면서 중학교와 고등학교 모두 고향과 다른 지역에서 다녔기 때문에 오래된 벗은 없었고 늘 새로운 곳에서 만난 동갑내기들과 어울려서 지냈으니까.

친한 것 같은 느낌을 받다가도 깊은 속마음까지는 터놓을 수 없다고나 할까? 어딘가 항상 겉도는 기분을 감내했던 것 같다. 그렇게 대학교에 입학하고 다양한 분야의 사람들과 어울릴 수 있는 기회가 많았는데 아무래도 운동선수로서 오랫동안 지내서 그런지 같은 분야의 친구들과 마음이 잘 맞았다.

지금 누군가 내게 "정말 친구라고 말할 수 있는 친구들이 있나요?"라고 물어본다고 하면 떠오르는 사람은 선수로서 활동했던 친구들 몇이 생각난다. 성인이 되고 나니 그전까지는 고민하지 않았던 것들이 하나둘씩 신경 쓰이기 시작했고 가족들에게 말 못하는 것들을 그 친구들에게 털어놓으면서 마음의 위안을 얻곤 한다.

나이가 들수록 연락하거나 만남을 갖는 사람들이 자연스레 적어지는데 그래도 기쁘거나 힘들 때 통화 혹은 직접 보고 축하를 받거나 기댈 수 있는 친구들이 곁에 있음에 감사하다. 나는 평소에 표현을 자주 하는 편인데 남자들이라 그런지 하나같이 "야 닥쳐 낯간지러우니까"라는 반응을 보인다.

어디선가 이런 말을 들었다. "좋은 친구 한 명만 있어도 성공한 인생이에요"라고. 고등학교 때까지는 이해를 하지 못했지만 이제는 알 것 같다. 살아가면서 많은 사람들을 곁에 두려고 할 필요가 없고 정말 나를 위해주는 나 또한 상대방에게 그런 마음을 갖고 있는 사람 몇 만 있으면 된다는 것을.

고맙고 사랑한다. 말 안 해도 내 맘 알지?

사랑이 두려운 진짜 이유

사랑하고 싶다. 그리고 사랑받고 싶다. 이 바람은 그저 나의 욕심인 걸까? 내가 인생을 살아가면서 자신 없는 부분 중 하나가 바로 '사랑'을 행하는 것이다. 어렸을 때의 결핍들로 인한 것인지 아니면 이성과 관계를 맺으며 받은 상처들 때문인지 잘 모르겠다.

외로움을 겪고 있고 따듯한 감정을 느끼고 싶어 하지만 선뜻 용기가 나질 않는다. 그러다 보니 어느샌가 혼자가 편해졌고 기회가 있어도 잡으려 하지 않고 인연을 찾아 나서려는 모습도 보이질 않는다.

주위에선 "도영아 너 그러다 진짜 혼자 살 것 같아 연애 좀 해"라고 말하곤 하는데 나도 가끔 걱정은 된다. 이러다 진짜 홀로 늙어가는 것 아닌가 하고. 그런데 공허하다는 이유만으로 감정이 없는 상태에서 아무나 만날 수는 없는 노릇이 아닌가.

그러다 '근데 내가 사랑을 회피하는 이유가 도대체 뭘까? 두

루뭉술하게 말고 정말로'라는 궁금증이 생겼다. 계속해서 생각해보니 나는 사랑을 받는다는 느낌이 무엇인지 잘 모르고 누군가가 나를 좋다고 하면 그대로 받아들이는 것이 아니라 '응? 내가 좋다고? 왜?'라는 식으로 잘못 받아들인다.

물론 가족들에게 사랑을 못 받은 것은 아니지만 어렸을 때 아버지와 어머니는 일 때문에 바쁘셨고 애정표현을 하시는 분들도 아니었기에 사랑이란 감정을 느끼는 것에 대해 어색함과 동시에 두려움까지 가지고 있는 듯하다.

너무 급하게 생각하지 않으려고 한다. 지금은 혼자가 좋고 느릴지라도 조금씩 내면을 더 채워가며 단단해지고 있는 것을 나 스스로가 느끼고 있으니 그것으로 족하다. 나를 조금 더 나은 사람으로 성장시켜가고 성숙해져가다 보면 좋은 인연이 찾아오지 않을까?

어떻게 살아야 될까?

되돌아보면 고등학교 2학년 때까지는 별생각 없이 살았던 것 같은데 3학년 때 어머니께서 권해주신 책에 재미가 빠지면서 그때부터 독서를 일상에 포함시키고 학교 도서관을 자주 갔었던 것 같다.

머리와 마음에 쌓이는 게 많으니 생각하는 시간도 예전보다 늘게 되고 아마 그 시기부터 지금 지인들에게 장난으로 놀림 받는 '진지충'의 길을 걸었나 보다. 그때와 지금 이 글을 쓰는 나, 외부와 내적으로 많은 것이 변했지만 한 가지 바뀌지 않은 것이 있는데 그것은 '어떻게 살아야 될까?'라는 생각이다.

나름 내가 원하는 길을 개척해내고 그동안 해왔던 선택들이 옳을 수 있도록 노력한 덕분에 스스로 칭찬할만한 삶을 살아왔다고는 생각하지만 '어떻게 살아야 될까?'라는 질문에 대한 대답은 정의를 내리기가 더욱 어려워진 것만 같다.

방황의 시기가 지나가고 서서히 나라는 사람의 모습과 인격이 갖춰지는 것 같은데 머릿속에서 풀리지 않는 저 질문이 가끔 나의 마음을 답답하게 한다고나 할까. 누군가 시원하게 답을 내려줬으면 좋겠다가도 내 인생인데 누가 해답을 주겠냐는 생각도 든다.

그러다 어느 순간 '어쩌면 죽기 전까지 계속해서 스스로에게 묻게 되는 질문이 아닐까?'라는 생각을 하게 됐다. 욕심인 것은 알지만 후회하지 않는 삶을 살아가고 싶다. 그래서 먼 얘기겠지만 마지막 순간이 왔을 때 편하게 미련 없이 눈을 감고 싶다.

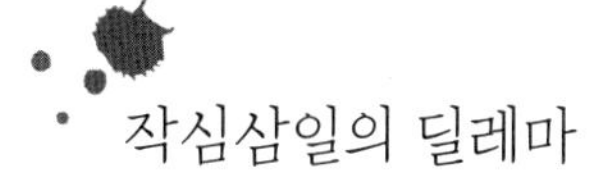

작심삼일의 딜레마

우리는 살아가며 자신을 조금 더 나은 사람으로 성장시키기 위해 무엇인가를 배우거나 그에 맞는 노력이라는 것을 하게 된다. 상상으로는 이미 거대한 계획을 세우고 지킬 수 있을 것만 같지만 막상 해보면 '작심삼일의 딜레마'에 빠지곤 한다.

시작은 했는데 계속하고 싶지는 않고 그렇다고 안 하자니 스스로의 의지가 이것밖에 안 되느냐는 자괴감에 빠진다. 그래서 지속적으로 하는 기간은 없고 짧게 계속 실패하는 고통을 겪기를 반복한다.

나도 이런 경우를 많이 겪어봤기에 정말 의지가 박약해서 이런 것일까에 대해 생각해봤는데 물론 그 이유가 크겠지만 좀 더 깊게 들어가 보니 계획을 너무 높게 잡은 것이 항상 내 발목을 잡았다는 결론이 났다.

나는 지금 0에서 시작하는 단계인데 단기간에 100의 위치에 있는 내 모습을 상상하면서 하다 보니 자신의 모습을 마주하는 것 자체가 고통이다. 여기서 중요한 것은 조금이라도 시작하기 전의 내 모습보다 발전하고 있다는 것을 느낄 수 있어야 한다는 것.

하루아침에 내가 원하는 것처럼 변할 수 있다면 이 세상 사람들 모두 못 이루는 것이 없어야 하지 않나. 짧은 시간 안에 이뤄야 하는 것도 있겠지만 대부분 시간을 좀 여유 있게 두고 체계적으로 꾸준하게 임하는 것이 작심삼일도 예방하면서 지속적으로 나를 성장시킬 수 있는 현실적인 방법이다.

이제는 자신에게 맞는 적정 목표와 계획을 갖고 꾸준히 실천해보자. 조금씩 더 나은 사람으로 변화해가는 것은 생각보다 더 나를 행복하게 만들 테니까.

2부

다들 그렇게 산다

공허함

몇 년 전 우연히 나이가 꽤 있는 남자분과 대화를 나누게 됐다. 그분은 유독 담배를 많이 폈었는데 특유의 그 찌든 냄새를 아직도 잊지 못한다. 연기를 잇따라 내뿜으며 한숨을 계속해서 쉬었는데 나는 그 모습을 보고 '저기 혹시 안 좋은 일 있으세요?'라고 물었다.

남자분은 "안 좋은 일은 무슨, 그냥 공허해서 그래요 공허해서"라고 말하며 어딘가 한곳을 응시했다. 들어보니 돈도 충분하게 모아놓으셨고 가족, 차, 집까지 웬만한 모든 것을 갖춘 분이라 사실 이해가 되지 않았다.

내가 의아하다는 반응을 보이자 "저기 젊어 보이는데 그냥 말 편하게 할게, 모든 것을 다 가진 것처럼 보이는 사람도 어딘가는 항상 비어있는 감정을 느끼며 살아가. 행복하다고 해서 공허함이 없어지는 것은 아니야"라는 말을 했다.

그때는 에이 무슨 말도 안되는 소리야 진짜 공허함을 모르시는 건가? 싶었다. 하지만 나이를 먹으면 먹을수록 왜 그때 그 말이 자꾸만 떠오르는 걸까. 어쩌면 공허함이란 것은 우리가 회피해야 할 감정이 아니라 공존해야 할 것인지도 모르겠다.

그렇기에 우리는 각자만의 공허함을 어떻게 달랠 것인지 찾아야 한다.

우리는 어디로 가고 있는 걸까?

카페 아르바이트를 하던 시절 나는 오픈을 담당했기 때문에 주 5일을 매일 아침 6시 30분에 집에서 자전거를 타고 출근을 했다. 도착할 때까지 걸리는 시간이 20분 정도였는데 비가 심하게 왔을 때를 제외하고 계속 그 길을 오고 갔다.

집 근처에 논과 밭이 많았기 때문에 나름 보이는 것들이 괜찮았다. 다만 차와 오토바이에서 나오는 매연을 그대로 맡을 수밖에 없는 길은 정말 싫었다.

아침 일찍 밖으로 나오게 되면서 알게 된 사실은 많은 사람들이 부지런하게 삶을 살아가고 있다는 것. 청소를 담당하는 분들은 전날 사람들이 길거리에 버려둔 쓰레기를 치우셨고 몇몇 할아버지와 할머니는 산책을 하고 계셨다.

가장 눈이 갔던 것은 출근길 버스를 기다리는 줄 서 있는 사람들의 모습이었는데 모두 하나같이 핸드폰을 바라보고 있었다. 표정은 우울한 것도 그렇다고 미소도 아닌 모습. 어떻게 보면 감정이 없어 보이기까지 하다. 그렇게 자전거 페달을 밟으면서 가게로 향하고 있는데 이런 생각이 들었다.

우리는 모두 어디로 가고 있는 걸까? 무엇을 위해 살아가는 걸까? 왜 돈을 벌고자 하며 그것으로 뭘 하고자 그리고 뭘 얻고자 하는 것일까? 등등. 현실적으론 터무니없는 생각이라고 여겨지지만 한 번쯤은 곱씹어봐야 할 질문들이 아닐까.

병원에서의 이틀밤

성대에 문제가 생겨 수술을 했었지만 이후 재발해 재수술을 받아야 하는 상황이었다. 목소리를 잃어버려 말을 하지 못했던 지난 몇 달간은 내 인생에서 지우고 싶을 만큼 힘들었던 시기다. 원래 목소리로 돌아갈 수 없다는 사실을 받아들이는 데까지 오랜 시간이 걸렸으니.

그래도 이미 한번 경험이 있고 욕심을 많이 내려놓은 터라 덤덤하게 수술 날짜를 예약했다. 입원 당일 1층에 있는 접수처로 가 '내일 수술받는 사람입니다'라고 말하니 큰 어려움 없이 병실을 배정받았다.

3일 동안 지내게 될 곳은 6인실이었는데 불편하긴 해도 비용이 가장 저렴하니 어쩔 수 없었다. 예전에도 이용했던 적이 있기 때문에 조용한 것을 기대하진 않았지만 생각했던 것보다 훨씬 소음이 심했다. 아는 사람은 알겠지만 병실에는 이상한 사람들이 꼭 있다. 근데 내 왼쪽에 있는 아저씨는 조금 달랐다. 앓는 소리를 내고 불규칙한 숨을 내쉬었다. 가족들은 계속 아저씨를 부르며 의식을 확인했다.

내 문제만 신경 쓰는 것도 벅찼지만 난 어느샌가 아저씨에게 정신을 집중하기 시작했다. 혈압 체크를 하기 위해 찾아온 간호사님께 물었다. '혹시 제 왼쪽에 있는 아저씨 많이 편찮으신가요?'라고. 그러자 "네 많이 아프세요. 곧 돌아가실 수도 있어요" 라고 답했다.

감정이 없는 듯한 그 대답을 듣고 순간 멍해졌다. 뭐 간호사님들은 자주 겪는 일이다 보니 그럴 수 있다고 생각하지만 나는 나와 거리적으로 가까이 있는 누군가가 생명을 잃어가는 모습을 보는 것이 처음이라 기분이 이상했다. 아내분과 따님분이 곁을 지키고 있었는데 곧 자신들을 떠날 것이라는 걸 직감했는지 하고 싶은 말을 계속했다. 직접 들어보지 못하면 모른다. 그 말들이 얼마나 슬픈지.

그리고 복도를 오고 가며 여러 환자분과 마주쳤는데 뇌를 다쳤는지 머리에 붕대를 많이 감고 있는 사람도, 투석 때문인지 피가 고인 주머니 같은 걸 몸에 지니고 다니는 사람도, 걷는 것조차 쉽지 않아 소변과 대변을 기저귀를 통해 해결하는 사람 등 너무나 많은 사람들이 건강을 잃어 아파하는 모습을 보게 됐다.

주제넘지만 인간이란 참으로 나약한 존재일 수도 있겠다고 생각했다. 우리는 때로 영원히 살 것처럼 인생을 살아가지만 나이를 먹을수록 그리고 건강했던 신체가 점점 쇠약해질수록 삶이란 유한한 것이라는 걸 깨닫는다. 미리 알고 살았다면 더 좋았을 텐데 말이다.

둘째 날 수술을 마치고 마취에서 깨어났다. 내 성대와 관련된 것보다 아저씨의 상태가 더 궁금했다. 다행히 아직 버텨내고 계셨다. 그런데 정기적으로 체크를 하러 오시는 담당 선생님께서 말씀하시는 게 들렸다. "마음의 준비를 하셔야 할 것 같습니다. 오래 버티시지는 못할 것 같아요"라고.

아내분과 따님분은 나오는 울음을 참아가며 '알겠습니다'라고 답했다. 나는 멍하니 천장을 바라봤다. 그리고 눈에서 눈물이 흘렀다. 부모님이 가장 먼저 생각났다.

다음날 오전, 나는 퇴원을 했다. 나가기 전에 어떤 것이라도 하고 싶었다. 말을 할 수 없는 상황이라 종이에 서툰 글씨로 마음을 담았다. '안녕하세요. 저는 어제 성대 수술을 했던 사람인데요. 주제넘는 거 잘 알지만 그래도 조금이나마 힘을 드릴 수 있는 게 뭐가 없을까 생각했어요. 작지만 음료 준비했습니다. 저도 아저씨를 위해 기도할게요.' 집으로 돌아가는 길 알 수 없는 감정으로 인해 눈물이 쏟아졌다.

'아저씨, 제가 누군지 잘 모르시겠지만 좋은 곳으로 가셨죠? 그곳에서는 아프지 마시고 항상 행복하셨으면 해요. 짧지만 많은 것을 느끼게 해주셨어요. 살아갈 수 있음에 감사할게요. 고맙습니다 정말.'

무제

세상 사는 일이 다 그렇고 그렇다. 능력 있다고 해서 하루에 밥 열 끼 먹는 것도 아니고 많이 배웠다 해서 남들과는 다른 말 쓰는 것도 아니고 좋은 침대에서 잔다고 해서 좋은 꿈 꾸는 게 아니다.

백 원 버는 사람이 천 원 버는 사람 모르고 백 원이 최고인 줄 알고 만족하며 사는 그 사람이 잘 사는 거다. 남의 눈에 눈물 흘리게 하면 내 눈에 피눈물 난다는 말 그 말은 정말이다. 내 것이 소중한 줄 알면 남의 것도 소중한 줄 알아야 한다.

남녀 간에 잘났네 못났네 따져봤자 컴컴한 어둠 속에선 다 똑같다. 이렇게 사나 저렇게 사나 자기속 편하고 남 안 울리고 살면 그 사람이 잘 사는 거다. 알수록 복잡해지는 게 세상이랬는데 살다 보면 어련히 알아지는 세상 미리 알려고 버둥거려봐야 내가 만든 세상에 내가 묶여버린다.

모르는 게 약이라고 내가 만든 고정관념, 편견, 굳어진 사고방식이 독이 될 때가 많다. 쓸데없이 머리 굴리지 말고 기를 쓰며 자존심 세우지 말고 둥글둥글하게 사는 것. 자신이 행복하길 바라는 만큼 남도 행복하게 만들어주는 것이다.

- 〈떠돌아다니는 글〉 中

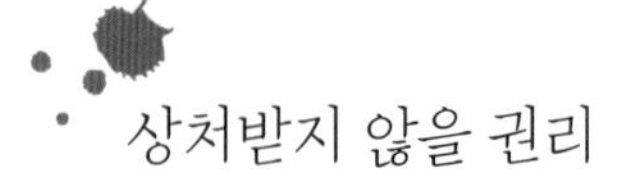

상처받지 않을 권리

삶을 살아가며 우리는 다양한 분야와 여러 성격의 많은 사람들과 관계를 맺는다. 좋은 부류의 사람을 만나면 긍정적인 기운을 전해 받기도 하지만 자신과 맞지 않거나 부정적인 성향의 사람을 만나면 때로 상처를 받기도 한다.

그저 서로 다름을 인정하면 그렇게 나쁜 관계로 이어지지 않을 텐데 자신의 말만 옳다고 생각하는 사람들은 타인을 배려하는 모습을 전혀 보이지 않는다.

험하디 험한 세상이라고 말하는 요즘 이 시대에 우리가 스스로를 잘 지키면서 극복해 나갈 수 있는 방법은 무엇일까. 바로 '상처받지 않을 권리'를 기억하는 것이다.

자신이 실수를 했든 아니면 어떤 오해가 생겼든 그것도 아니면 그냥 상대방이 나를 싫어해서 상처받을 말이나 행동을 했다고 하더라도 내가 그것을 머릿속으로 그리고 마음으로 받아들이지 않겠다는 태도를 갖는 것. 그것이 바로 여기서 말하는 상처 받지 않을 권리를 뜻한다.

상대방의 말과 행동을 내가 컨트롤할 수는 없지만 나의 생각과 마음은 내가 선택할 수 있는 것처럼 우리는 스스로가 나쁜 것을 받아들이지 않을 수 있도록 해야 한다. 이것이 바로 개인이 가진 특권이니까.

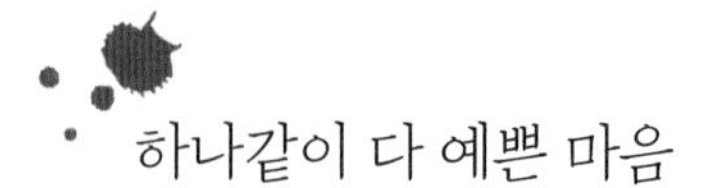

하나같이 다 예쁜 마음

평소 영화와 드라마를 즐겨보는 내게 오랫동안 마음속에 남는 작품들이 몇 있다. 그중 하나가 바로 윤난중 작가가 써낸 드라마 '이번 생은 처음이라'다. 화려하고 자극적인 게 없음에도 우리가 살아가는 일상에서 벌어질 법한 현실적인 이야기를 소재로 다룬 것이 좋았다. 중간마다 마음을 울리는 주옥같은 대사들도 와닿았고.

이 작품에서 만나볼 수 있는 좋은 메시지가 많지만 그중 가장 인상 깊었던 것이 있어 소개하겠다.

"문제는 그 사랑들이 하나같이 다 진심이라는 거죠. 알고 보면 하나같이 다 예쁜 마음인 건데. 근데 그 예쁜 것들도 얽히고설키면 그게 원래 어떤 예쁜 모양이었는지 알아볼 수가 없어지니까. 그게 원래 무슨 사랑이었던 건지 알 수가 없어지니까."

이 대사를 듣고 한동안 이 메시지에 대해 계속해서 생각하게 됐다. 우리는 가족, 애인, 친구, 지인들과 관계를 맺고 살아간다.

상대방을 좋아하고 사랑하기 때문이라는 이유로 배려하거나 돕고자 하는 마음을 갖지만 때론 그 좋은 마음을 상대가 오해해 부정적인 상황과 마주한다.

어쩌면 우린 상대에 대한 관심과 애정이 과해 때로 관계가 틀어지는 게 아닐까? 그래서 아무리 가까운 관계여도 어느 정도의 거리감은 필요하다는 말이 있는 것 같다. 그리고 반대로 우리가 오히려 상대방의 진실된 마음을 헤아리지 못하고 있진 않은지 되돌아볼 필요가 있다.

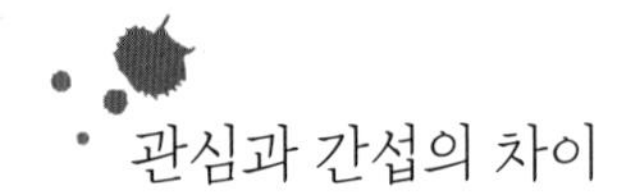

관심과 간섭의 차이

적당한 관심은 사랑으로 느껴지지만

과한 관심은 간섭으로 느껴진다.

사랑한다는 이유로 상대방의 모든 것을

알아야 된다는 생각을 버려야 한다.

선을 지키지 않는 순간부터 집착이 시작되고

그로 인해 관계에는 금이 가기 시작한다.

사랑하는 이가 떠나가기 전

자신을 먼저 되돌아보자.

당신은 내게

내 삶에서 가장 최악인 순간이라고 할 정도로 힘든 날들을 보내던 시기가 있었다. 사랑하는 사람에게 원치 않은 상처를 받았고 목소리는 수술로 인해 아예 나오지 않는 상태였다.

그래서 아무와도 연락하지 않고 만나지도 않았었다. 솔직히 누굴 만날 자신이 없었다. 내 모습이 내가 보더라도 너무 별로였으니. 그렇게 시간이 지나고 어느 정도 성대가 회복됐을 때 공적인 사이로 당신을 알게 됐다.

처음 만난 그날 난 내 모든 것을 이야기해버렸다. 사람이 그리웠던 것도 있지만 당신이 내 이야기를 진심으로 경청해주고 나를 따듯하게 바라봐 줄 때 나의 마음은 조금씩 치유되기 시작했다. '그 따듯함 덕분에'

"도영님은 매사 모든 일에 진심이시니까 앞으로도 잘 해내실 거예요. 이젠 힘을 조금 빼고 살아가세요. 그래도 돼요 정말로" 당신의 표정, 말투, 느낌, 따듯한 말까지 아직도 내겐 생생하기만 하다.

사람의 관계는 오래 알고 지낸 시간도 물론 중요하지만 짧은 시간이더라도 얼마큼 자신에게 그 사람이 와닿느냐에 따라 달라지기도 한다. 진심으로 아프지 않고 행복했으면 좋겠다. 당신이 나를 어떻게 기억하든 당신은 내게 참 고마운 존재다.

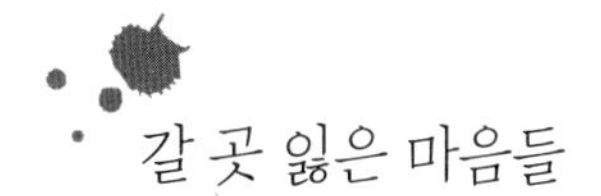

갈 곳 잃은 마음들

하루에도 수많은 생각들이 스쳐 지나가고 계속해서 마음이 뒤바뀐다. 꿈꾸던 이상적인 삶은 아닐지라도 나름 내 앞가림을 하며 살아가고 있는 것 같은데 무슨 이유 때문인지 갑자기 찾아오는 외로움과 공허함의 횟수가 더욱 잦다.

세상은 더 빠르게 편리함을 추구하는 것들로 넘쳐나지만 왜 점점 답답하고 갇혀있는 것 같은 기분을 느끼는지. 갈 곳 잃은 마음들이 늘어갈수록 '나는 무엇을 위해 살아가는 걸까? 어떤 삶을 살고 싶은 걸까?'라는 질문이 늘어간다.

예전엔 누가 보더라도 화려한 삶을 살고 싶었다면 이젠 스스로가 생각했을 때 후회 없는 삶을 살아가고 싶다. 그래도 다행인 것은 내가 이 사실을 '인지하고 있다는 것'과 앞으로 그 마음들을 조금이라도 어루만져 줄 것이라는 것.

부족하더라도 지금보다 더 나은 인생을 살아가려고 하는 이 모습이 난 참 좋다. 그러다 보면 갈 곳 잃은 마음들도 제자리를 찾아가지 않을까?

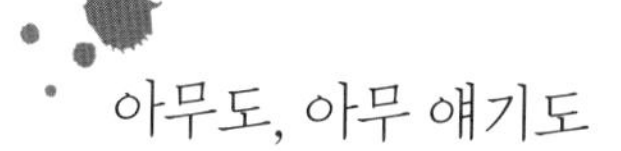

아무도, 아무 얘기도

아무도 만나고 싶지 않고 아무와도 얘기하기 싫은 때가 있다. 지금 내가 나를 바라보는 것 자체가 너무 힘들기에. 이때는 아무리 가까운 사람이 좋은 이야기를 해준다고 해도 들리지가 않는다. 그냥 모든 게 싫고 짜증 난다.

그저 내가 할 수 있는 건 지금 처한 현실과 느끼는 감정을 회피하기 위해 온갖 방법을 동원할 뿐. 시간이 지나면 괜찮아진다고 하지만 말이 그렇지 정작 그 힘든 순간을 겪고 있는 사람은 죽을 맛이다.

그래도 어쩌겠나 시간은 되돌릴 수가 없는데. 힘내라는 말은 하고 싶지 않다. 대신 한숨 푹 자고 일어나서 맛있는 걸 먹어보라고 권하고 싶다. 그리고 당신은 어느 순간에도 절대 혼자가 아니다. 그 사실을 잊지 말자.

이따 뭐 먹지?

불확실한 미래와 도통 답이 없는 것 같은 인간관계로 인해 극심한 스트레스를 받고 있을 때였다. 내 인생은 언제쯤 평정심을 유지하면서 살아갈 수 있으려나 싶고. 웃으면서 살고 싶지만 웃기가 힘든 그런 때.

가만히 앉아 앞으로 어떻게 해야 할까 고민을 계속해서 했었다. 그 과정이 고통스러웠지만 현실을 회피하면 안되니까 부딪쳐야지. 그래야 뭐라도 해답이 나오질 않겠어? 머리는 점점 산소가 줄어들어서인지 쪼여오기 시작했고 심장은 제멋대로 빠르게 쿵쾅 뛴다.

심호흡을 하면서 긴장을 풀고 안정을 취하려 노력하지만 이내 헛수고라는 것을 깨닫는다. 하루라도 마음 편하게 일상을 보낼 순 없는 걸까? 자꾸만 흔들리는 내 마음이 미워진다. 약해빠진 놈.

그러다 허기를 느끼더니 이내 '이따 뭐 먹지? 너무 배고픈데'

라는 생각을 한다. 얼마 지나지 않아 헛웃음을 짓는다. 내가 생각해도 어이가 없기 때문에. 어찌 보면 심각하다고 볼 수도 있는 상황이지만 그 순간에도 식욕을 느끼는 이 황당함.

어쩌면 우리는 스스로가 심각한 상황으로 몰고 가는 것일 수도 있겠다는 생각이 든다. 우린 그 상황에서도 배고픔을 느끼는 단순한 존재이니까. 그런 의미로 오늘은 맛있는 걸 먹어야겠다.

자유의 참뜻

우리는 극도의 스트레스를 받거나 살아가는 일상이 버거울 때 자극적인 것을 찾거나 여행과 같은 일탈을 경험하고 싶어 한다. 아마 이것들을 활용해 잠시나마 나를 고통스럽게 하는 생각과 상황에서 벗어나고 싶어 하는 마음이 가장 크지 않을까.

하지만 더 무서운 것은 그것들을 모두 해봤는데도 다시 내 삶으로 돌아왔을 때 찾아오는 바뀌지 않는 고통, 무기력, 불안함이다. 그럼 도대체 어떻게 해야 이 문제에서 벗어날 수 있단 말인가?

확실한 해결책은 없겠지만 가장 중요한 것은 내가 살아가는 일상 속에서 안정감과 만족감을 느껴야 한다는 것이다. 자유란 외부적인 구속이나 무엇에 얽매이지 아니하고 자기 마음대로 할 수 있는 상태. 이게 사회적 위치와 경제적인 부분만을 뜻하고 있지 않다는 것을 알아야 한다.

자극적인 것을 하고 여행과 같은 일탈을 한들 내가 그 생각과 상황에만 얽매여있다면 절대 자유로워질 수 없다. 자유의 참뜻은 지금 내가 살아내는 이 하루하루들의 평범한 일상에서부터 비롯된다. 부디 모두 자신만의 방법을 찾아 평안한 삶을 살아가길.

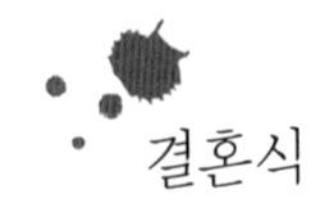

결혼식

세상에서 가장 행복한 모습으로 서로를 바라보고 있는 신랑 신부의 모습. 그 모습을 지켜보며 알 수 없는 표정을 짓고 감정을 느끼는 부모님들. 자신이 칠 수 있는 가장 큰 박수로써 축하하는 마음을 전하는 하객들까지.

조금은 불편하고 힘든 것이 있지만 그럼에도 불구하고 누구하나 미소를 잃지 않고 있다. 앞으로의 결혼생활이 그리고 살아가는 삶이 매번 이 순간처럼 좋은 감정만 느낀다면 얼마나 좋을까.

하지만 우리가 살아내는 현실에서는 이상으로 꿈꾸던 것이 모두 이뤄질 수 없다는 사실을 받아들여야 한다. 다만 힘든 순간마다 좋았던 기억들을 떠올리며 어려움을 극복해나가는 자세가 필요하다. 모두가 행복해하고 있는 바로 이 결혼식처럼.

행복하세요, 그리고 항상 서로를 따듯하게 안아주세요.

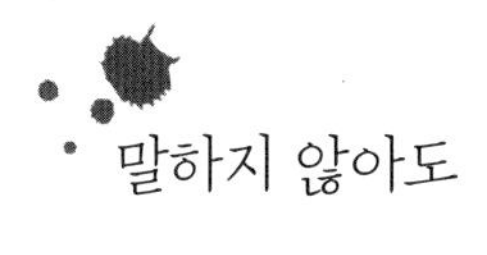

말하지 않아도

여보세요. 여보세요? 여보세요! 왜 말이 없어.

…

너 괜찮은 거지?

…

안 끊고 기다릴 테니까 말하고 싶을 때 말해.

…고마워.

문득 이런 생각이 든다.

말하지 않아도 나를 알아주는 사람이 내 곁에 있는지.

반대로 나는 누군가에게 그런 존재가 되어주고 있는지를 말이다.

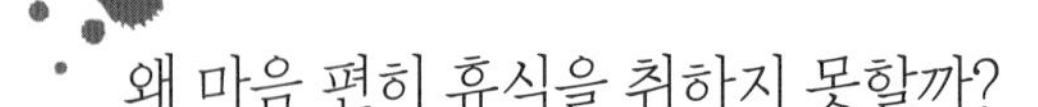

왜 마음 편히 휴식을 취하지 못할까?

마음이 편하게 휴식을 취했던 적이 언제였나 생각해보면 기억이 잘 나질 않는다. 내게 주어진 일도 차질 없이 해내고 있고 문제 될 것이 없는데 괜스레 불안한 감정을 느낀다. 나 지금 이대로 정말 괜찮은 건가? 걱정까지 하면서.

우리나라 사람들이 열심히 사는 것은 외국 사람들까지도 잘 아는 사실이다. 나의 친한 타 국가 친구도 내게 "너 왜 이렇게 열심히 살아?"라고 할 정도니. 반대로 휴식을 제대로 취할 줄 모르는 것도 바로 우리나라 사람들이다. 몇몇은 아니겠지만 대부분이 그렇다.

어렸을 때부터 치열한 경쟁 사회 속에서 자라온 영향이 큰 것도 있고 항상 최선을 다해야 하고 노력하는 삶을 강요받았지만 정작 휴식을 취하는 방법은 그 누구도 알려주지 않았던 것. 쉬는 시간이 주어졌을 때 무엇을 어떻게 해야 하는지를 말이다.

거기다 현재 처한 상황이 좋지 않거나 경제적으로 불안정한 상태라면 말할 것도 없이 쉬어도 쉬는 게 아닐 것이다. 과거에서 오는 회의감, 불만족스러운 현재, 불확실한 미래까지 해도 해도 끝이 없는 걱정을 붙들고서 말이다.

사람마다 처한 상황과 환경이 다르기에 확실한 해결책이 있다고는 말을 할 수가 없을 것 같다. 나조차도 휴식을 제대로 취하지 못하고 있으니. 하지만 어찌 됐든 우리는 우리가 가진 정신과 마음 그리고 신체로 삶을 살아가야 한다.

계속해서 자신을 고통스럽게 하고 지친 상태로 방치한다면 과연 우리의 삶은 나아질 수가 있을까? 더 나빠지지만 않는다면 다행일 것이다. 그렇기에 정신과 마음 신체가 잠시라도 쉴 수 있는 시간을 줄 수 있도록 해야 한다. 자신이 원하고 좋은 감정을 느낄 수 있는 것들을 활용하면서. 지금 당장 모른다고 해도 괜찮다. 앞으로 찾아가면서 조금씩 알아가면 된다. 나 자신을 위해서.

따듯한 한 끼

어느 순간부터 바쁘다는 핑계로 밥을 먹는다는 개념이 아니라 때우며 살았다. 건강에 가장 영향을 많이 끼치는 것 중 하나가 바로 식습관인데도 불구하고 말이다. 한국 사람들은 '밥심'이라는 말이 있듯 우리에겐 먹는 것 또한 중요하다.

밥을 제대로 먹을 시간이 없는 이유는 모두 각기 다르기 때문에 왜 끼니를 잘 챙겨 먹어야 하는지에 대해 말해보고자 한다. 잘 차려진 한 끼의 식사는 몸에 필요한 영양소를 골고루 섭취할 수 있다는 것 이상으로 우리에게 좋은 영향을 준다.

누군가 혹은 내가 만든 이 밥상을 바라보는 것만으로도 나를 위한다는 느낌을 받고 시각으로 보이는 것과 후각으로 맡아지는 맛있는 냄새가 기분을 좋게 만들어준다. 거기다 잠깐이라도 음식을 음미하며 보내는 시간이 또 다른 에너지를 전해준다.

우리는 대부분 행복하기 위해 열심히 일을 하고 바쁘게 살아가지만 정작 그러기 위해 가장 필요한 건강에 대해선 소홀한 모습을 보이고 있다. 어렵지 않다. 지금부터 하루에 한 끼라도 나를 위한 밥상으로 준비해보자. 그 시간들이 쌓이면 쌓일수록 삶의 질이 올라갈 테니.

아이러니

잠시 하던 것을 멈추고 가만히 앉아 눈을 감고 5분 정도 호흡에만 집중하자. 어느 정도 차분해졌으면 스스로에게 질문해보자. 나는 왜 열심히 살려고 하는가, 나는 왜 돈을 많이 벌고 싶어 하는가, 좋은 직업, 집, 차 등 왜 모든 것을 갖추고 싶은가. 이렇지 않은 사람도 물론 있겠지만 요즘 대부분의 사람은 이 세 가지에 해당될 것이다.

대표적으로 많이 나오는 이유는 나이 먹고 타인에게 아쉬운 소리를 하거나 불행하게 살고 싶지 않아서, 남들도 다 그렇게 살려고 하니까 뒤처지기 싫어서, 그냥 그렇게 해야만 할 것 같아서 등.

이 질문에 대해 자세하게 답변을 할 수 있는 사람은 괜찮지만 분명 누구는 "그러네, 나는 왜 지금까지 이렇게 살아왔을까? 도대체 무엇을 위해서"라는 생각을 하며 한동안 멍하니 사색에 잠길 수도 있다.

우리는 크게 사회적인 성공과 경제적인 안정을 위해 어렸을 때부터 때론 자신을 괴롭히면서까지 능력을 키우고 갖추려 애썼다. 노력한 결과 내가 나를 그리고 타인이 봐도 원했던 것을 완벽하진 않아도 일정 부분 이뤘다고 보인다.

그런데 여기서 원하던 것을 이뤘음에도 아이러니하게 행복한 감정보다 공허함을 더 크게 느끼는 사람들이 있다. 지금까지 행복하게 살기 위해서 악착같이 버티며 목표에 도달해 이제 좀 그렇게 살아보려고 하는데 왜 자꾸 어디가 비어있는 것만 같을까.

우리에게 필요한 것은 '빨리 이룰 거고 가질 거야'가 아니라 '나는 누구일까, 내가 지금까지 이렇게 살아온 이유는 무엇일까, 앞으로 어떤 삶을 살고 싶어 하는 걸까'와 같은 스스로에 대한 질문들이 아닐까?

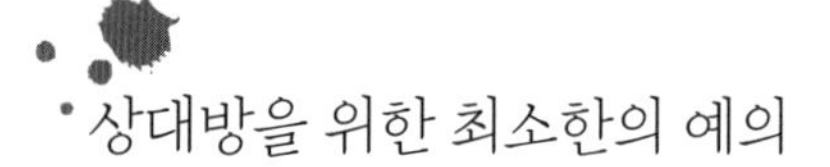

상대방을 위한 최소한의 예의

상대방이 자신을 좋아한다고 표현했을 때
마음이 있다면 적극적으로 다가가고
마음이 없다면 솔직하게 말을 하세요.

말을 하지 않으면 그 사람은 바보같이
별 뜻 없이 잘해줬던 행동들을 머릿속에
떠올리며 착각하고 있을 거예요.

그 사람이 싫다고 그 사람 마음까지
무시하고 상처주지 마세요. 상대방을
위한 최소한의 예의는 지켜주세요.

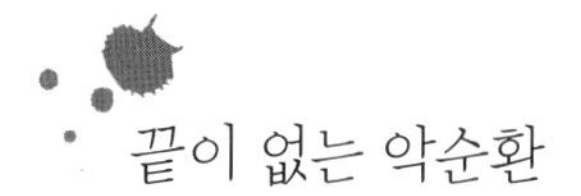

끝이 없는 악순환

여느 때와 같이 하루를 보내던 날 갑자기 가슴이 답답하면서 불안한 기운이 느껴지더니 좋지 않은 생각들이 떠오르기 시작한다. 해야 할 일을 하고는 있지만 정신은 이미 부정적인 생각에 사로잡혀 있다고나 할까.

이러다 말겠지 하며 큰 신경을 쓰지 않았지만 과거에 겪었던 안 좋은 기억마저 머릿속에 그려지더니 숨이 턱턱 막히고 불안한 증세 때문인지 집중력도 떨어진다. 꼬리에 꼬리를 무는 부정적인 생각은 끊이지 않고 내게 스트레스를 지속적으로 가져다준다.

다행히 예전에 읽었던 책에서 괜찮은 방법을 발견했었던 게 기억났는데 좋지 않은 생각들이 떠오를 땐 내가 살아오면서 행복했던 순간들을 계속해서 떠올리며 부정을 긍정으로 맞서 싸워야 한다고 나와 있었다. 여기서 중요한 것은 억지로라도 좋았던 기억들을 생각해내야 한다는 것.

처음엔 에라 모르겠다란 심보로 해봤는데 정말 효과가 있었다. 욱신거리던 머릿속이 조금씩 편안해지더니 이내 호흡도 안정이 됐다. 시간이 지날수록 노하우가 생겼고 이젠 안 좋은 생각들이 떠오를 때마다 알맞은 대처를 하니 부정적인 감정을 경험하는 시간도 점점 짧아진다.

만약 행복했던 기억이 정말 단 하나라도 없다면 지금부터라도 만들어보자. 꼭 화려하고 크고 멋지지 않아도 된다. 자신에게 좋은 감정을 느끼게 해준다면 그 무엇이라도 충분하다. 우리는 이제 끝이 없는 악순환을 끊어낼 때가 됐다.

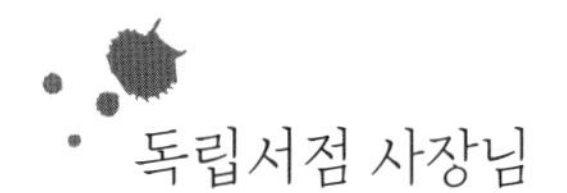

독립서점 사장님

나는 도시를 싫어하진 않지만 그렇다고 좋아한다고 말하지도 못할 것 같다. 크고 빽빽한 건물들이 뭔가 자꾸 답답함을 가져다준다고나 할까. 시골의 풍경과 분위기를 원하는 것은 아니지만 정겨운 느낌을 받으며 사람냄새가 나는 곳에서 살아가고 싶은 듯하다.

평소엔 별생각 없이 거리를 다니다 가끔 안 가본 곳도 일부러 돌아다니며 유심히 관찰하는 경우가 있다. 나만의 소소한 일탈. 그렇게 길을 걷는데 인적이 드문 곳에 책방이 보였다. 망설임 없이 바로 들어갔다.

크기는 다른 곳보다 작은 편이었고 여사장님 혼자 운영하고 있었다. 아기자기한 인테리어와 베스트셀러가 아닌 주인장의 감성이 드러나듯 보이는 책들이 인상 깊었다. 알고 보니 독립서점 겸 카페. 책이라는 공통점이 있어서인지 어색함과 불편함 없이 대화를 나눴다.

사장님은 원래 평범한 직장인으로서의 삶을 살아갔었는데 어느 순간 작은 책방을 차리고 싶다는 생각이 들었고 더 늦기 전에 퇴사를 해야겠다고 결심한 후 마음이 바뀌기 전에 곧바로 실천으로 옮겼다고 한다.

경제적으로 안정된 삶을 포기한다는 것이 쉽지 않은 결정인데 도전했다는 자체만으로도 멋지다고 생각했다. 사장님은 "가게를 운영하는 것은 정말 행복하고 감사한데 사실 매출이 좋지 않으면 가졌던 이상이 조금씩 무너지는 것 같아요. 좋아하는 일을 한다고만 해서 행복하긴 힘든 게 현실인 것 같아요"라고 말했다.

솔직한 말들이 와닿았고 돈이 인생에서 차지하는 부분이 크다는 것을 나도 느끼는 터라 왠지 모르게 씁쓸했다. 역시 세상을 살아가며 모든 것이 완벽하게 이루어질 것이라고 믿는 것은 욕심.

그래도 사장님이 자신의 작은 책방을 너무 사랑하는 게 느껴지고 미소를 잃지 않아서 좋았다. 오늘도 이렇게 한 가지의 배움을 얻는다. 자주 들릴게요. 따뜻한 애플유자티 감사히 잘 마셨습니다.

청소박사님

가족들 곁을 떠나 처음으로 독립해서 살게 된 집은 작은 원룸이었다. 건물은 오래됐지만 내부는 리모델링을 해서 그런지 나름 지낼만했다. 시간이 지날수록 하나둘씩 고장이 나거나 수리가 필요했었는데 그때마다 찾는 분이 바로 일명 청소박사님. 주변 건물들을 꽤 많이 관리하셔서 그런지 이 동네에선 유명한 분이었다.

처음엔 낯을 가려서 그냥 인사만 주고받았었다. 후에 여러 번 방문하고 수리를 해주시니 먼저 말을 걸어보고 감사한 마음에 음료도 드리고 하다 보니 조금 가까워졌다. 평소 타인을 인터뷰하는 것을 좋아하는 나는 어김없이 청소박사님의 인생 이야기가 궁금하다고 물었다.

청소박사님은 "이 일을 20년 넘게 하면서 정말 많은 사람들을 만났어요. 친절한 사람 성격 더러운 사람 등을요. 제가 청소나 수리를 주로 하는 직업이잖아요? 겉모습만 보고 저를 아래로 내려다보고 태도를 취하는 사람 중에 잘된 사람을 못 봤어요. 뭐 그럴 수 있다고 생각하고 악감정은 없는데 결과적으로 그렇더라고요. 건물주 그리고 지내는 분들 중에서도 저를 진심으로 존중해주는 분들은 표정부터가 달랐어요. 대화를 나눠보면 대부분 자신의 일을 잘 해내고 있더라고요. 그런 일들을 겪으며 삶에 대한 가치관이 생긴 것 같아요"라며 그동안의 일들을 솔직하게 알려주셨다.

그리고 월수입이 천만 원이 넘는다고 하셨는데, 나이가 들면서 세력적으로 많이 지쳐 현재 사람을 고용해서 운영을 해 벌어들이는 돈이 적어졌는데도 그 정도 금액이라는 것이 놀라웠다.

"제가 이 일을 하면서 돈을 많이 벌긴 했는데요. 세상은 공평한 것 같아요. 수입은 대기업 다니는 제 친구들보다도 많이 벌지만 사람들의 이유 모를 무시를 자주 받았었고 육체적으로 힘들었거든요. 그래도 제 가족들에게 해줄 수 있는 것이 많아 행복합니다."

우리나라는 특히 직업에 대한 귀천을 따지는 모습을 많이 보이는데 과연 누가 누구를 감히 평가할 수 있을까? 그저 자신에게 맞는 직업으로 살아가는 것일 뿐일 텐데 말이다. 박사님 언제까지 이곳에서 지낼지는 모르겠지만 앞으로도 가끔 이야기 나눠요. 늘 건강하세요.

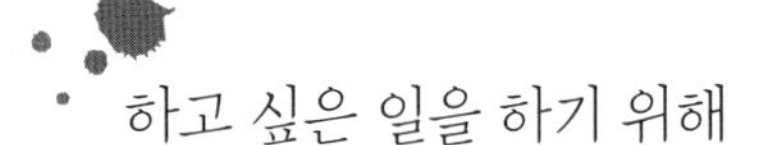

하고 싶은 일을 하기 위해

20대 초중반까지만 해도 의미 있는 것을 쫓아간다면 행복이란 것에 가까워질 것이라 생각했다. 하지만 실제론 시간이 지나니 예상과는 다르게 경제적인 면이 불안정했고 하고 싶은 일만을 하기엔 미래가 불투명했다.

아마 독립을 하면서 고정으로 나가는 지출이 생각보다 많다는 것을 알게 되고 앞으로 살아가면서 필요한 돈이 꽤 되겠다는 것을 몸으로 느끼며 현실을 직시하게 된 것 같다.

그렇다고 지금까지의 경험들을 부정하고 싶은 생각은 없다. 지금의 나를 만들어준 소중한 과정이자 추억들이니. 나중에 분명 어떤 식으로든 도움이 될 것이라 생각하고 있다. 다만 그때가 오기만을 마냥 기다리는 것은 멍청한 선택이지 않을까.

사실 크게 아픈 곳이 없고 건강하다면 무엇을 하든 먹고 살아갈 수는 있겠지만 내가 생각하는 이상과 현실의 차이를 최대한 좁히기 위해 스트레스를 받으면서도 계속 고민하고 노력을 한다. 그리고 내가 가치 있다고 생각하는 일을 나중에라도 하기 위해선 가장 먼저 경제적으로 안정감을 가진 수준으론 만들어야 한다는 것.

그래서 나는 내가 훗날 정말 하고 싶은 일을 하기 위해 하기 싫은 일임에도 도움이 될 것 같은 것들을 습관으로 만들어 꾸준히 반복하는 중이다. TV나 유튜브에서 나오는 꿈꾸던 일을 하며 경제적인 부분에서 안정성을 갖춘 사람이 되고 싶지만 마냥 이상을 좇아가기엔 내가 스스로 책임져야 할 부분이 많다.

그래도 이 시간들이 고통스럽기만 한 것은 아니다. 이것 또한 내 인생의 일부분이고 시간이 지나 나에게 긍정적인 요소들을 가져다주는 시기라고 생각한다. 너무 현실만을 좇아서도 그리고 이상만을 따라서도 안 된다. 살아가며 그 괴리를 최대한 좁혀나가는 것이 바로 우리들이 추구해나가야 할 삶을 대하는 태도이지 않을까?

적당히

자주는 아니지만 가끔 나를 괴롭히는 질병이 있는데 역류성 식도염이다. 최근에는 하루 일정시간동안 두 끼만 먹는 간헐적 단식을 꾸준히 유지해왔지만 오히려 그게 독으로 작용한 듯하다. 공복시간이 길어지니 위산의 불규칙한 분비와 폭식으로 이어지는 식사가 병을 재발시킨다.

나름 운동도 매일하고 밥을 먹고 3시간 이상의 시간이 지나야 눕는 습관을 지켰는데도 효과가 없었다. 맵고 짜고 기름진 음식을 평소에 선호하는 스타일이라 식습관을 개선하지 않는 이상 병을 막을 길이 없어 보인다.

진료를 봤던 의사선생님께서 하신 말씀이 있었다. "역류성 식도염은 가장 중요한 것이 바로 식습관이에요. 자극적인 음식을 최대한 피하고 과하지 않게 먹는다면 병이 생길 이유가 없어지죠. 뭐든지 적당히 하는 것이 중요한 것 같아요."

'적당히' 이 말이 그날따라 내 머릿속에 화두를 던진다. 우리는 살아가며 다양한 일과 사고들을 경험하게 되는데 타인에 의한 원치 않은 것들도 있겠지만 대부분 무엇인가를 과하게 하거나 반대로 아예 무관심해서 발생하는 게 대부분이다.

머리로는 적정선을 잘 알고 있는데도 왜 그 선을 지키는 게 이리 어려운 것일까. 의사선생님께서 해주신 말씀처럼 앞으로 살아가는데 항상 적당히라는 말을 떠올리며 하루하루를 보내는 게 좋을 듯하다. 일단 식습관부터 고치자. 역류성 식도염은 정말 싫다.

막살고 싶다

살아가며 모든 일이 열심히만 한다고 해서 이루어지지 않는다는 것을 깨달았다. 온 힘을 다해 최선을 다했어도 결과로 이어지지 않는 그런 순간. 그때 머릿속에는 이 문장밖에 떠오르지가 않는다. '아, 막살고 싶다'

평소에 너무 많은 생각을 갖고 내가 가진 100프로의 힘을 모두 쓰다 보니 번아웃이 와서 그런 것일까. 좋은 미래를 위해 내 삶을 통제하며 규칙적으로 살아왔지만 이때가 되면 그냥 아무 생각을 하고 싶지 않게 된다.

말은 나의 모든 것을 쏟았다고 하지만 실질적으론 나태했던 것인가 아니면 나에게 무슨 문제가 있는 걸까란 의문들이 뒤죽박죽 섞여 극도의 스트레스를 경험하게 한다. 그러다 문득 생각했다. '너무 많은 힘을 한 곳에만 집중해서 오히려 악영향을 끼친 게 아닐까?'

우리나라는 과열된 경쟁 사회이다 보니 조금 더 어릴 때 많은 것을 이루어야 이 세상에서 살아남을 수 있다는 것을 강조한다. 그러다 보니 한 분야에만 몰두해 너도나도 최고가 되고 싶어 한다.

그 마음과 모습이 잘못됐다는 것이 아니라 우리가 살아가는 인생은 생각보단 길 텐데 굳이 한 곳에만 에너지를 쏟아야 하냐는 것이다. 그러다가 만약 생각했던 것과 다르게 일이 잘 안 풀린다면 그때는 어떻게 할 것인가.

막살고 싶다는 생각이 드는 이유는 간단하다. 내가 그동안 했던 노력이 물거품이 된 것 같은 상황을 마주하기 때문. 평소 한 가지가 아닌 여러 가지에 분산적으로 힘과 노력을 배분한다면 무기력한 시기를 짧게 줄이고 미리 준비하고 있던 다른 길로 다시 걸어가지 않을까?

임대문의

집 밖을 돌아다니며 내가 사는 동네에는 어떤 가게들이 있나 살펴보는 것이 살아가는 재미 중 하나랄까. 겉보기엔 문제없이 잘 운영하는 것처럼 보였던 가게가 어느 순간 텅 빈 곳이 되어 버리고 임대문의라는 종이가 입구 쪽 창문에 붙어있는 것을 바라보고 있자면 괜스레 씁쓸한 감정을 느끼곤 한다.

단골가게였다면 더 큰 상실감을 느끼겠지. 나는 지금도 내가 만약 창업이나 가게를 차리게 된다면 어떤 것으로 할 수 있을지에 대한 생각과 고민을 시간이 날 때마다 하곤 한다. 모든 것에는 성공과 실패가 있고 그렇다 보니 자신이 원하는 것을 이룬 사람도 있지만 예상과는 다른 결과로 인해 큰 어려움을 겪는 사람들도 있다.

그냥 이런 생각을 해봤다. '분명 엊그제까지는 자신의 가게를 갖고 있던 사장님들이 폐업을 결정하고 가게를 정리할 때 어떤 심정이었을까?'라는 것에 대해. 항상 최악의 상황을 생각하는 버릇이 있어서 그런지 궁금해졌다.

처음 시작할 때는 설렘과 두려움 반으로 시작했을 것이고 정말 최선을 다해 가게를 운영했을 텐데 점점 좋지 않은 방향으로 흘러가는 일들을 마주할 때 얼마나 고통스러울지 감히 상상할 수가 없다.

그래도 모든 것에 있어서 무턱대고 하는 것만 아니라면 확실한 건 해보지 않고 후회하는 것보다 하고 나서 일이 잘 안 풀리더라도 해보는 것이 낫다는 것. 그리고 도전했다는 것 자체만으로도 충분히 용감한 일을 해냈다는 것. 주제넘을 수도 있지만 심심한 위로의 말을 해드리고 싶다.

타인과의 비교

나름 잘 지내다 어느 날 갑자기 '나 지금 잘 살고 있는 거 맞나?'라는 생각과 함께 타인과 비교를 하기 시작한다. 내가 이상적으로 생각하는 삶을 살아가고 있는 사람들을 부러워하면서 나는 왜 이것밖에 안될까 스스로 자책하기도 한다.

객관적으로 봤을 때 내가 자라왔던 환경과 상황에 비해선 그래도 잘 살아왔다고 할 수도 있을 텐데 그 과정들은 생각하지 않은 채 그저 현재의 내 모습이 마음에 들지 않는다는 이유만으로 자신을 깎아내린다.

미디어 세상에서 보이는 것이 그 사람들의 전부가 아닐 텐데도 불구하고 '저렇게 살면 진짜 행복하겠다'라는 터무니없는 말을 하며 무기력을 느끼기도 한다.

사실 우리가 타인과 비교를 하는 것은 지극히 정상적인 행동이다. 하지만 거기서 끝나지 않고 자신의 못난 점을 계속해서 찾아내 나라는 사람이 마치 아무 쓸모가 없는 존재인 것처럼 생각하고 받아들이는 것이 잘못된 것이다.

사회가 만든 '성공의 이미지'가 강한 우리나라에서 특히 자기 존재의 가치를 부정하는 사람들이 많은데, 우리가 비슷할 수는 있어도 모든 사람이 같을 수 없는 것처럼 사람은 저마다의 개성대로 살기 마련이다.

경제적인 부를 누리고 하고자 하는 일을 찾은 사람들은 다른 사람보다 조금 빨리 자신이 누구인지 알게 되고 추진력이 좋은 것이지 그렇다고 남들보다 존재의 가치가 더 뛰어나거나 하진 않는다. 우리의 삶은 한 번이고 시간이 모두에게 공평하게 주어지는 것이 사람은 크게 다르지 않다는 것을 잘 보여주는 예다.

인생을 살아가며 당연히 그런 시기를 겪을 수는 있으나 너무 오랜 시간을 그 자리에서 머물지 않았으면 한다. 생명보다 고귀한 것은 없다.

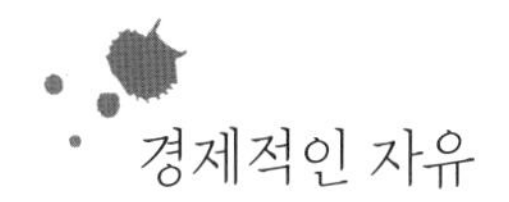

경제적인 자유

과거엔 무조건적으로 뜻이 있는 삶이 가치가 있을 것이고 그렇게 사는 모습을 상상하곤 했다. 벌이가 좀 적더라도 의미 있는 삶을 사는 것이 보람차지 않을까에 대한 생각도 했었고. 하지만 나이가 점점 들면서 경제적인 부분이 삶에서 차지하는 비중이 크다는 것을 깨달아갔다.

기본적인 의식주를 비롯해서 무엇을 하려고 하든 자본이 뒷받침되어야 한다는 것이 팩트였다. 아무리 좋은 뜻을 가지고 활동을 하려고 하는 사람이 있더라도 경제적인 부분이 부족하다면 참된 의미가 빛을 보지 못한다는 것이다.

그래서 그때부터는 낭만주의적 사고를 최대한 줄이고 현실적인 감각을 키우려고 애썼다. '어떻게 하면 내가 갖고 있는 능력으로 최대한의 수익을 내거나 새로운 것을 창출해낼 수 있을까?'에 대한 고민을 계속해서 했던 것 같다.

그러다 보니 나를 객관적으로 보는 시선이 생겼고 강점과 단점을 구분해서 나에게 필요한 배움과 실천이 무엇이 있는지에 대해 구체적으로 정리해나가기 시작했다. 내가 원하는 일과 잘할 수 있는 것이 같은 것이라면 너무 좋겠지만 현실적으로는 그런 경우가 드물다.

그렇다면 여기서 생각해 볼 수 있는 것은 내가 훗날 살아가고 싶은 삶의 모습이 있다면 나는 그때를 위해 지금 어떤 것을 할 것이냐는 것이다. 좋아하지 않는 일이지만 능력으로 인정받을 수 있는 일이라든지 아니면 성취감은 적더라도 수입적인 부분에서의 만족을 느낄 수 있다든지 등.

하나둘씩 스스로 책임져야 하는 것들이 늘어갈수록 우리는 경제적인 부분에서 자유로워질 수 있도록 자신이 할 수 있는 최선의 방법을 지속적으로 찾고 실행해야 한다. 그래야 그리던 미래의 그 모습처럼 살아갈 수 있을 테니까. 그것이 우리가 말하는 현실의 모습이지 않을까.

결혼에 대하여

나는 처음 보는 사람들에게도 자주 하는 질문들이 있는데 특히 결혼하신 분들을 만났을 땐 현실적인 생활에 대한 부분을 많이 물어보는 편이다. 아무래도 경험하지 못한 부분이라 호기심 때문인가 싶다.

며칠 전 예전부터 돈독하게 지내왔던 누나를 만났는데 자신의 친언니와 형부를 소개해주고 싶다며 나를 그분들이 살고 있는 집으로 데리고 갔다. 정말 친한 것은 맞지만 그래도 누나의 가족들을 만난다는 사실이 조금 긴장되기는 했다. 나이 차이도 꽤 날 것이라 생각한 것도 있고.

그런데 도착하고 나선 왜 걱정을 했을까 싶을 정도로 나를 친절하게 맞아주고 챙겨주셨다. 형부되는 분과 대화를 좀 많이 했는데 평소 궁금했던 부분들을 질문하기 시작했다. 그중 하나가 '결혼에 대한 현실적인 생활과 조언해주고 싶은 부분 그리고 장단점을 아직 하지 않은 사람에게 말해준다면?'이란 주제로 물었다.

처음에 듣고 미소를 지으시더니 "결혼은 연애와 많은 부분이 다른 것 같아요. 진부한 얘기일수도 있겠지만 정말 그 사람의 보고 싶지 않은 모습을 마주할 수도 있고 어렸을 때부터 어떤 가정환경에서 어떠한 교육을 받고 살았는지에 따라 삶에 대한 가치관이 차이가 날 수도 있고요. 100% 행복하게 살고 있다고 말할 수 있는 사람들은 아마 없을 거예요. 하나 추천해주자면 개그 코트가 잘 맞고 서로 싫어하는 부분을 하지 않으며 화가 나도 도를 지나치지 않고 잘 풀 수 있는 그런 사람과 결혼을 해야 한다고 말해주고 싶네요"라고 답했다.

이어 "그리고 지금 제가 3명의 아이를 와이프와 함께 키우고 있잖아요? 부부의 공간이 없어지는 건 당연한 거고 둘만의 시간을 보낼 수 있는 여유도 없어져요. 그러다 보니 사소한 것들로 자주 다투게 되고요. 연애할 때와 결혼, 결혼했을 때와 아기를 낳은 후 삶이 정말 많이 달라져요. 그렇다고 너무 겁먹으라고는 말해주고 싶지 않네요. 이것저것 따지다 보면 좋은 사람을 많이 놓치게 된답니다"라는 메시지를 전했다.

역시 상상하는 것과 현실의 차이는 생각하는 것보다 더 괴리가 있다는 것을 알게 됐다. 그리고 두 분이 서로 생각하고 말하고 싶은 것이 다르다 보니 견해의 차이로 살짝 다투는 모습도 보이셨는데 조금 지나자 다시 농담을 주고받으며 웃으시는 것.

그때 아, 왜 두 분이 결혼을 했는지 알 것 같았다.

알면 알수록 사람 사는 모습은 크게 다르지 않다는 것을 자주 느낀다. 언제가 될진 모르겠지만 나에게도 같은 곳을 바라보는 배우자가 생긴다면 이상과 현실 그 어느 한곳에 쏠리지 않고 적절하게 섞일 수 있는 생활을 해보고 싶은 게 인생의 바람 중 하나다.

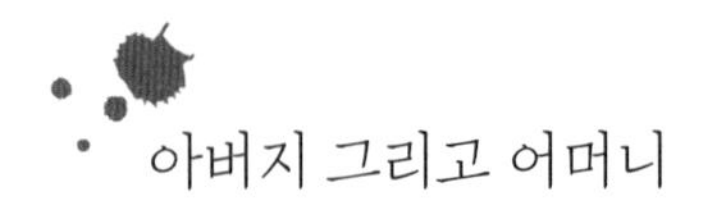

아버지 그리고 어머니

우리 집은 부유하지 않았다. 다른 대부분 가정들과 비슷하게 어려운 시절을 지나 그저 평범하게 은행 돈을 어느 정도 끼고 살아가는 경제적인 상황의 한 가정이었다. 사실 철들기 전까지는 부모님의 소중함을 느끼지도 못했고 돈이 필요할 때마다 연락을 드리고 했었지 그 이외에는 무소식이 희소식이겠지라는 못된 심보를 갖고 있었다.

그러다 인생의 쓴맛을 몸소 겪으면서 '아, 난 지금까지 부모님의 보호막 때문에 큰 탈 없이 살아올 수 있었구나'라는 것을 깨달았다. 너무 늦지 않게 그것을 알게 됐음에 감사할 뿐이다.

예전에 아버지와 차 안에서 월급과 관련된 주제로 대화를 나눈 적이 있다. 한 직장에서 30년이 넘는 시간 동안 일을 해오셨다는 것도 대단하지만 몇 년 전까지만 해도 매달 돈이 들어오면 모두 어머니께 보냈다는 것이다.

자신을 위해서 쓸 수 있는 돈은 한정되어 있었고 대부분은 가정을 위해 쓰였다는 사실. 아버지가 힘들게 일을 하신 걸 알았기에 그 말을 듣곤 울컥했다. 그 긴 시간을 어떻게 버텨내셨을까에 대한 생각도 들었고.

아버지가 항상 하는 말 중에 '따듯한 말 한마디'라는 글이 가장 내 머릿속에서 맴돈다. 겉으론 강한 모습을 보이시지만 내면은 그 누구보다 여리고 따듯한 분이라는 것을 잘 안다. 그게 내가 생각하는 아버지의 본모습이다.

어머니는 내가 생각했을 때 커리어우먼이라는 단어가 가장 잘 어울리는 사람이다. 아이를 4명이나 낳았음에도 자신의 일적인 전문성을 잃어버리지 않으시고 지금도 꾸준하게 그 분야에서 좋은 성적을 보이고 있다.

아이를 키우는 것과 자신의 일을 모두 해내는 어머니의 모습을 보면서 많은 것을 배웠다. 사람이 마음을 강하게 먹으면 못하는 일이 없겠다는 생각도 들었고. 그리고 어머니의 소녀 같은 감성은 가끔 나를 미소 짓게 만든다. 현실적이지만 순수한 모습이 매력적인 분이다. 사람은 다른 것보다 인품이 가장 중요한다는 것을 깨닫게 해주셨고.

이 짧은 글들로 아버지와 어머니를 설명할 수 없다는 것을 너무나도 잘 안다. 그래도 지금의 내가 부모님을 어떻게 생각하고 있는지를 기록하고 싶었다. 점점 함께할 수 있는 시간이 없어지고 있다는 것을 더 느끼고 있는 요즘이다.

완벽하진 않아도 늘 우리 남매에게 좋은 부모님이 되기 위해서 노력하시는 모습들, 자신들에게 쓰는 건 아까워하면서 정작 우리에겐 아낌없이 주려 하고 더 줄 수 없음에 미안함을 가진 마음들, 작은 행복도 소중하다는 것을 몸소 행동으로 보여주시면서 나에게 좋은 영향을 주셨다.

물론 어느 가정처럼 문제가 있을 때도 있었지만 그래도 난 아버지와 어머니를 사랑하고 존경한다. 그리고 만약 다음 생이 있고 내게 부모를 선택할 수 있는 권한이 주어지더라도 나는 지금 우리 부모님 자식으로 또 태어나고 싶다.

늘 믿고 지지해주셔서 감사드립니다.

더 좋은 사람으로 성장할 수 있는 아들이 될게요.

지금처럼 건강하게 웃으면서 남은 일생 살아가셨으면 좋겠습니다.

사랑합니다 많이.

3부

완벽하진 않아도 나답게

관계사고

가끔 나도 모르게 이유 없는 과민반응을 보일 때가 있다. 상대방은 평소와 같이 표정을 짓고 말을 하고 행동을 하지만 내가 괜히 오해해서 상황을 좋지 않게 생각하고 받아들인다.

불안한 상상들은 멈추질 않아 계속해서 머릿속을 괴롭힌다. 해결책이 없어 움직이지도 못하고 무엇에도 집중하질 못한다. '어쩌다 이 지경까지 오게 됐을까?'란 자기비하도 일삼는다. 도대체 무엇이 문제일까, 어떤 것이 나를 자꾸만 불안하게 만드는 것일까, 아무리 생각해도 도통 답을 알 수가 없다.

피하지 않고 계속 나 자신과 마주하려고 애썼다. 다른 건 모르겠고 두 가지가 보였다. 한 가지는 상대방이 갖고 있거나 갖추고 있는 것을 나는 가지지 못하고 부족하다는 것에서 오는 열등감, 다른 한 가지는 내가 내 모습을 바라봤을 때 초라하다고 느끼기 때문이었다.

자존감이란 단어로 이것에 대해 말하고 싶지 않다. 연관이 있겠지만 여기서 말하고 싶은 부분은 내가 온전히 올곧다면 이 문제들은 자연스럽게 해결될 거라는 것이다. 가장 중요한 건 다른 것에 집중되어 있는 생각들을 오로지 나에게만 신경 쓸 수 있게 만들어야 한다는 것.

내가 현재 살아가는 상황과 환경이 괜찮다면 이런 문제들은 생기지도 않을 것이다. 당장 이상적으로 생각하는 삶을 살아가야 한다는 뜻이 아니다. 그렇게 살기 위해 나는 지금 어떤 생각을 하고 그것들을 실제로 해나가고 있는지가 중요하다.

그 모습들이 완벽한 것보다 얼마나 오랫동안 지속하고 있느냐에 따라서 불안은 자연스레 없어질 것이다. 그러니 다른 것 말고 내 삶에 집중하자.

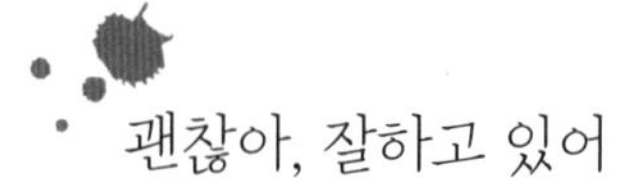

괜찮아, 잘하고 있어

몇 년 정도 연락을 하지 않고 지냈는데 만나자며 전화가 온 지인이 있었다. 과거 기억이 나쁘지 않았기 때문에 수락했다. 나이를 먹을수록 먼저 누굴 찾아 만나기보단 연락이 오면 만나고 그렇지 않으면 대부분 혼자 지내게 된다.

그렇게 만나는 당일, 지인이 내가 사는 동네로 와준다고 해 미리 괜찮은 식당을 알아뒀다. 오랜만에 만나는 거라 어색하면 어떡할까란 걱정은 어디로 갔는지 편안하게 근황도 묻고 대화를 주고받았다.

한 가지 캐치가 됐던 것은 지인은 당시 들어줄 상대가 필요했던 것 같았다. 과거에도 경청을 내가 잘해줬었나? 잠시 생각했다. 이야기를 들어보니 자신이 현재 새로운 곳에서 직장 생활을 열심히 하면서 살아가는 것 같은데 미래가 확실히 보장되는 곳이 아니라 불안하다는 것.

그리고 계속해서 공허한 감정을 느낀다고 말했다. 나는 맞장

구만 쳐주고 별말 하지 않았다. 그저 들어주는 것이 상대가 필요로 하는 것이라 여겼기 때문에. 그러다 마지막에 딱 한마디를 했다. '저기 있잖아 괜찮아 지금 충분히 잘하고 있어'라고.

그러자 갑자기 눈물을 흘리는데 누군가의 따듯한 말이 그리웠고 필요하다는 것을 알 수 있었다. 나도 그렇듯 우리는 살아가며 내가 지금 잘 살아가고 있는지 확인을 받고 싶어 한다. 힘겹게 버텨내고 있는 오늘 하루가 무의미한 시간이 아니길 바라면서.

이런 말을 해주고 싶다. 어쩌면 우리 자신의 인생에 대해 의문을 갖는다는 것 자체만으로도 우리는 잘 살아가고 있다는 뜻이지 않을까? 더 나은 삶을 위해 열심히 또는 버티며 하루를 보내고 있다는 것일 테니까.

소속감

별일이 없으면 하루에 꼭 하는 것이 있는데 바로 10분 이상 뛰기. 그날은 아침 일찍 일어나 집 근처를 조깅했다. 그러다 인적이 드문 곳 횡단보도에서 서 계신 할아버지와 할머니를 만나게 됐다.

겉옷에는 '00시 00단체'라는 글귀가 적혀있었고 한 손에는 교통과 관련된 깃발을 들고 계셨다. 나는 '할아버지 할머니 여기 사람도 거의 없고 날도 안 좋은데 왜 서서 힘들게 계세요?'라고 물었다.

그러자 "우리는 00시 00단체 소속이에요. 어차피 매일 집에만 있어서 심심하기도 하고 봉사활동은 좋은 일이니까 하고 나면 기분도 좋아져요"라고 답하셨다. 그때 할아버지 할머니를 바라보며 생각했다.

사람은 퇴직을 하고 늙어가더라도 어딘가에 소속되고 싶다는 마음을 품고 누군가에게 필요한 존재이고 싶다고. 그래서 우린 어딘가에 소속되어 있다는 자체만으로도 안도감을 느끼는 것이지 않을까.

할아버지 할머니를 보며 따듯함을 느끼다가도 왠지 모를 슬픔이 느껴졌던 이유는 뭘까, 늙어간다는 것도 마음의 준비가 필요하다.

적당한 거리를 둬야 하는 이유

어느 순간 인간관계에서 회의감을 크게 느낄 때가 있다. 분명 나는 순수한 마음으로 정을 줬는데 돌아오는 것이라곤 필요에 의해 나를 대하고 찾는다는 현실. 그 사실을 알게 되면 가장 먼저 배신감이란 감정을 느낀다.

평소 믿고 의지했던 사람이라면 체감하는 고통은 두 배 혹은 그 이상일 것이다. 이후 그 후유증 때문인지 기존에 맺고 있던 인간관계에도 부정적인 영향을 받을 것이고 새롭게 만들어갈 인연들마저 색안경을 끼고 바라보게 된다.

거기에 불필요한 스트레스로 인한 감정 소모가 엄청나기 때문에 제대로 된 일상생활조차 어려울 수 있다. 하지만 전체적으로 그리고 나의 내면을 깊게 들여다보면 사실 나조차도 필요에 의해 관계를 맺곤 한다.

어쩌면 우리는 솔직하게 대부분 이와 같은 이유로 인간관계를 만들어가는 것이지 않을까? 정말 나는 아니라고 자신 있게 말을 할 수 있을까? 시원하게 대답할 수 있는 사람은 많지 않을 것이라 생각한다.

우리가 적당한 거리를 둬야 하는 이유는 뒤늦게 찾아오는 고통을 최대한 겪지 않기 위해 그리고 어쩌면 많은 관계가 이런 식으로 맺어져 있어 문제없이 원활하게 돌아가거나 유지가 될 수 있을 테니까. 이것을 우린 '현실'이라고 말을 하곤 한다.

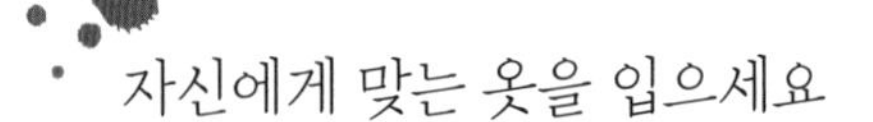

자신에게 맞는 옷을 입으세요

대학교에 입학하고 한창 동기와 선배들과 어울릴 때였을 거다. 나는 당시 용돈을 받으며 학교생활을 했었는데 넉넉하진 않았지만 그래도 부모님께서 힘들게 버신 돈이었기에 감사한 마음으로 썼다.

동기 중 집안이 상류층인지 돈이 많다는 걸 자랑하는 친구가 있었는데 어느 날 그 친구가 나를 포함한 몇 명을 초대해 함께 놀았던 적이 있었다. 몇 번 아니 가본 적이 있나 싶은 레스토랑을 데려가 코스 요리를 사주더니 이후 쇼핑도 하고 라운지 바 같은 곳을 가 한 잔에 몇만 원이나 하는 술을 먹었다. 아, 이런 게 말로만 듣던 상류층의 삶인가?

처음엔 호기심 때문인지 재밌었지만 시간이 지날수록 불편하다는 감정이 올라왔다. 어떻게 설명해야 할지 모르겠지만 뭔가 내게 맞지 않는 옷을 입고 있는 듯한 느낌이랄까. 결국 나는 친구에게 인사를 하고 서둘러 집으로 돌아갔다.

이것은 우리 인생에서도 볼 수 있는데, 경제적인 여건은 되지 않지만 타인에게 잘 보이고 싶어 좋은 식당에서 밥을 먹고 SNS에 게시글을 올리거나 비싼 옷이나 최신 기기를 사는 등 겉으로 보이는 것에 많은 소비를 하곤 한다.

물론 이것들이 나쁘다는 것은 절대 아니다. 가끔은 나를 위해 보상을 해줘야 할 때도 있는 것이니까. 하지만 내가 그 과정에서 느끼는 감정이 정말 좋은 게 맞냐는 것이다. 그렇다면 상관없지만 그저 보여주기 위해 불편하면서도 억지로 행하고 있는 것이 아니냐고 묻는 것이다.

관계에서도 마찬가지다. 나와는 성향과 성격이 많이 다른 사람인데도 자신에게 무슨 이득이 있을까봐 억지로 이어가고 있지는 않나? 다른 사람이 아닌 자신에게 물어야 한다. 내가 지금 하고 있는 모든 것들이 과연 나에게 정말 맞는 옷인지 아닌지를 말이다. 행복하게 살기에도 짧은 인생 시간을 헛되이 쓰지 말자.

자신을 괴롭히지 마세요

유튜브에서 필요한 정보를 찾아보다 우연히 법륜스님이 자존감에 대한 강연을 하는 영상을 보게 됐다. 평소 종교를 떠나 법륜스님의 시원시원한 직설화법을 좋아했던 터라 기쁜 마음으로 클릭했다.

영상에 대해 짧게 설명하자면 20대 중반 여성분이 자신을 사랑하는 법을 모르겠고 이 험한 세상에서 잘 살아가려면 어떻게 해야 하는지에 대해 물었다. 스님은 크게 두 가지로 설명을 하셨는데 첫 번째는 지금 당신이 살고 있는 세상은 살기 좋다는 것.

전쟁이 일어나지도 않았으며 여성이 아기를 낳지 않아도 되는 세상이지 않느냐고 그리고 베트남, 중국, 북한에서 살라고 하면 어떨 것 같냐고 물으셨다. 여성분은 그저 멋쩍은 웃음을 짓고 있었다.

이어 자신을 사랑하고 싶다면 괴롭히는 짓을 그만하라고 하셨다. 우리는 모두 자신을 너무 과대평가한다고 내가 가진 능력이 100인데도 200처럼 살고 싶어 해서 스스로를 초라하게 바라본다고 그러니 자존감이 당연히 낮아진다고. 자신을 있는 그대로 인정하고 수용하는 연습을 하라고 말씀하셨다.

영상을 본 후 '역시 법륜스님'이라는 말과 함께 미소가 지어졌다. 우리는 자신이 진짜 원해서라기보단 타인의 시선을 의식해서 더 나은 삶을 살아가려고 하는 경향을 갖고 있다. 하지만 법륜스님이 말씀하셨듯 우리의 삶을 조금 더 자세히 살펴보면 지금 이대로도 충분히 괜찮은 것이 아닐까.

밥은?

극도의 스트레스로 힘들고 지쳐
아무것도 하기 싫은 날.

때마침 가족에게 전화가
오더니 내게 말한다. "밥은?"

평소면 아무렇지 않게 들릴 텐데
왜 그날따라 감정이 요동치는지.

한동안 말없이 혼자 눈물을 흘렸다.

우리에게 필요한 것은 화려한 것들로 가득한 인생이
아니라 따듯한 것으로 가득 찬 삶의 모습이지 않을까?

오늘도 나에게 "밥은 먹었니? 오늘 하루 어땠니?"
라고 물어봐주는 가족들에게 감사할 뿐.

자신에게 소중한 사람이 있다면 평범하지만

따듯한 말을 건네보는 것은 어떨까요?

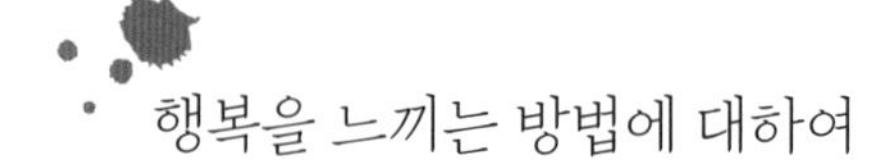

행복을 느끼는 방법에 대하여

대학교 시절 함께 동고동락했던 선배에게서 연락이 왔다. 그동안 사는 게 바빠 못 본 지 꽤 됐었는데 만날 때가 되지 않았냐면서. 몇 년 만에 보더라도 어색하지 않은 사이라 편안한 마음으로 보내준 위치로 향했다.

작은 선술집 느낌인 곳이었는데 선배가 사장님과 평소에도 친분이 두터워서인지 함께 앉아 다양한 주제로 대화를 나누기 시작했다. 그러다 행복에 관한 이야기를 나누는데 사장님이 "얘들아 행복은 느낄 수 있을 때 제대로 느껴야 돼 그때 그 감정? 지나고 똑같이 좋은 일을 겪는다고 해도 그때만큼의 행복감을 느끼기 힘들 거야"라고 말했다.

처음엔 그래 좋은 말씀이구나 하고 넘어갔는데 시간이 지나면 지날수록 그 말의 메시지가 머릿속을 맴돌았다. 우리는 때로 미래에 대한 생각들로 인해, 지나간 과거를 회상하느라 좋은 일이 생기거나 행복한 감정이 느껴지더라도 제대로 누리지 못하는 모습들을 보인다.

무엇이 우리를 자꾸만 억누르고 있는 것일까? 앞으론 딴생각 말고 있는 그대로의 행복을 마음껏 누려야지.

학교

오랜만에 학교로 향하는 발걸음이 무엇 때문인지 모르겠지만 마냥 가볍기만 하지도 그렇다고 무겁기만 하지도 않다. 주위에 보이는 학생들은 저마다의 표정과 속도로 각자의 목적지로 향하고 있다. 그걸 보고 아, 나도 저랬던 시절이 있었지하며 잠시 추억에 잠긴다.

그때는 웃고 싶으면 마음껏 웃고 울고 싶으면 펑펑 울었던 것 같은데 시간이 지날수록 왜 감정을 드러내지 않아야 한다는 시선이 많아지는 것인지 참. 눈앞에 해맑게 웃고 있는 학생들이 보인다.

앞으로 살아가는 게 쉽진 않겠지만 그들의 인생이 맑은 하늘처럼 밝았으면 좋겠다. 나이가 들었다는 것을 점점 느끼는 요즘 다시 돌아오지 않을 시간임을 알기에 더 하루를 소중히 살아야지.

지나고 보면

평소와 같이 보내는 하루 오늘은 왠지 감성이 더 깊어진 것 같은 기분이다. 햇살이 나뭇잎을 비추는 것을 보는 것만으로도 마음이 흔들리고 있으니까. 옛 기억과 현재 그리고 미래에 대한 생각들이 하나둘씩 머릿속을 스쳐 지나간다.

그러다 사람들에게 눈길이 간다. 누구는 해맑은 표정을 지으며 통화를 하면서 걷고 있고 누구는 심각한 표정으로 멍하니 한 곳을 바라보고 있다. 나도 지금 내가 무슨 생각을 하고 어떤 감정을 느끼는지 잘 모르겠다.

그러다 갑자기 과거에 날 힘들게 했던 일들이 뭐가 있었을까에 대해 생각한다. 큼지막한 것들은 떠오르긴 하지만 희미하다. 그렇다면 자잘한 것들은? 기억이 나질 않는다. 당시엔 분명 크게 느껴지던 것들이라 정신적인 스트레스를 많이 받았던 것 같은데.

그러고 보면 지금 내가 불안해하고 걱정하는 것들도 지나고 보면 별거 아닐 수도 있겠다는 생각이 들었다. 진지한 태도로 삶의 시간을 보내는 것도 좋지만 때론 가벼운 마음으로 살아가는 자세도 필요하다.

무뎌져간다

이유는 정확히 모르겠지만 모든 일에 점점 무뎌져가고 있다. 매일 주어지는 하루를 보내는 일이, 혼자 살아갈 수 없기에 관계를 이어가는 사람들에게, 평생 함께할 동반자를 찾기 위해 하는 사랑도 마찬가지다.

분명 어렸을 때는 모든 일이 새롭고 신선하게 느껴졌던 것 같은데 무슨 이유 때문에 나는 점점 무뎌져가는 것일까. 이러다 감정을 못 느끼는 사람이 될까봐 두렵기까지 하다. 가정사에 따라 조금 더 일찍 그 시기가 찾아올 수는 있다.

가장 큰 이유는 마음의 상처를 받았기 때문이다. 예를 들어 우리의 첫 마음은 새하얀 백지였다고 생각해보자. 인생을 살아가며 일, 관계, 사랑, 목표 등 여러 방면에서 다양한 이유들로 상처를 받는다.

물론 시간이 흐르면 극복은 하겠지만 새하얀 종이는 구겨지고, 일부분이 찢겨나가고, 더럽혀졌을 것이다. 어떤 방법을 쓴다고 해도 우리가 처음 갖고 있었던 새하얀 백지 상태로 돌아갈 수는 없다. 그럼 어떻게 해야 내 감정을 지킬 수 있단 말인가?

딱히 방법은 없다. 이미 여러 이유로 자신이 타락했다고 생각할 수도 있다. 물론 나도 그렇다. 우리는 처음으로 되돌아갈 수 없다. 다만, 어렸을 때의 그 마음을 되살리기 위해 노력한다면 문득 별거 아닌 것으로 미소를 짓는 자신의 모습을 볼 수 있을 것이다. 기억은 나는가, 우리가 환하게 웃었던 순간이 언제였는지.

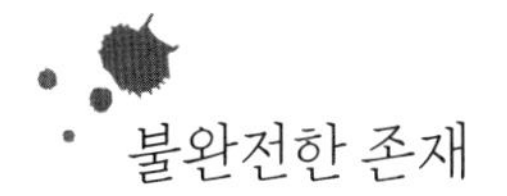

불완전한 존재

예전의 나는 이랬다. 누구에게나 절대 빈틈이 없는 완벽한 사람으로 보이고 싶었다. 그래서 나의 치부들을 감추기 일쑤였고 진짜 내 모습들을 스스로 인정하지 못하고 거짓된 가식들로 나를 둘러싸자 결국 스트레스를 받고 힘든 건 오로지 나의 몫이었다. 영혼 없는 속이 빈 껍데기라고나 할까.

즉, 내가 아는 나의 모습이 아닌 타인이 보는 나를 더 신경 썼다는 말. 왜 그렇게 남 시선을 의식하며 살았을까 곰곰이 생각해보니 결론은 하나였다. 내가 나에 대한 믿음이 없었기 때문. 스스로가 스스로를 믿지 못하니 자존감은 바닥으로 떨어졌고 그 결과 타인에게 내 인생의 선택권을 넘겨버리려는 위험한 행동까지 초래했다.

하지만 이제는 안다. 성공하든 실패하든 잘 살든 못 살든 어차피 자기 인생은 자신이 모든 걸 책임져야 한다. 그래야 훗날 누군가를 탓하지 않을 수 있기 때문. 아직 나는 내가 어떤 사람인지 잘 모른다. 그래도 조금이나마 위안이 되는 건 내가 '불완전한 존재'라는 것을 깨달았다는 것이다.

부족해도 그리고 실수를 해도 그 모습조차 나의 일부라는 것을 받아들일 수 있다는 것. 그것이 내 마음을 조금은 편하게 만들어준다.

더 이상 미워하고 싶지 않다

'더 이상 그 누구도 미워하고 싶지 않다' 근래 가장 많이 드는 생각이다. 그저 온전히 나만 생각하고 내가 행복하길 바라는 요즘, 이기적인 것일까?

태어나 보니 가족들이 옆에 있었고 살아가다 보니 다양한 사람들과 자연스럽게 관계를 맺었다. 그 관계 속에서 너무 많이 치이다 보니 이제는 해탈의 경지에 이른 것 같다. 그중 나와 함께해주는 사람들이 존재한다는 것에 감사할 따름이다.

불과 몇 년 전만 해도 나와 맞지 않는 사람, 내게 불필요한 감정을 느끼게 하는 사람이 있으면 그 사람이 안 좋은 부류의 사람이라는 것을 어필하기 위해 애썼다. 그 사람의 삶이 어땠는지는 중요하지 않은 채 내가 옳다는 것을 증명하려고 했었다.

하지만 이제 세월이 어느 정도 흐르니 자연스레 느끼게 된다. 내가 싫어하는 사람이 누군가에게는 좋은 사람일 수도 있다는 것을 말이다. 이제는 더 이상 그 누구도 미워하고 싶지 않다. 아니 그 사람이 어떤 사람이든 신경 쓰고 싶지 않다.

다만 난 행복해지려고 노력할 것이고 그 과정에서 불필요한 사람들을 제외하고 내가 사랑하는 사람들과 좋은 추억을 만들고 싶을 뿐. 세상 사는 게 다 힘들다고 하지만 이제는 기쁘고 행복한 감정만 느끼고 싶다.

지혜

바꾸지 못하는 일을 받아들이는 차분함과

바꿀 수 있는 일을 바꾸는 용기와

그 차이를 늘 구분하는 지혜.

– 라인홀드 니버 〈기도문〉 中

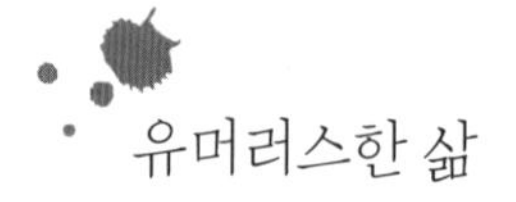

유머러스한 삶

주위 사람들에게 항상 들었던 말이 있다. "생각이 많고 진지하구나" 사실 타인이 말해주기 전까지는 대부분 나와 비슷할 것이라고 생각했었다. 하지만 삶을 살아갈수록 나의 스타일이 유별나긴 하다는 것을 알게 됐다. 모든 것에는 장단점이 있듯 나에게도 이 특징이 주는 차이가 있었다.

좋은 점은 과거에 있던 일들을 꽤 많이 선명하게 기억을 하고 있고 지금처럼 이렇게 글을 쓸 수 있도록 만들어준 것도 많은 생각들과 진지함이지 않을까 싶다. 진중한 타입이라 외부적으로 발생한 게 아니라면 나 스스로는 큰 문제들을 거의 만들지 않는다.

반대로 확실한 단점은 감정적인 부분에서 필요 이상으로 낭비를 한다는 것이다. 그냥 그렇구나, 뭐 어쩔 수 없지 이렇게 여기고 넘어가면 되는데 거기에 항상 '왜'라는 질문을 붙이고 끊임없이 사색하는 편이다. 그러니 사소한 것에도 신경을 많이 쓰게 된다.

그러다 영화 '인생은 아름다워'를 보게 됐는데 그 이후 삶을 대하는 태도가 많이 바뀌었다. 다른 내용들도 좋았지만 가장 인상 깊었던 것은 마지막쯤에서 남자 주인공이 자신이 죽으러 가는 걸 알면서도 숨어있는 아들을 위해 끝까지 유쾌하게 이 상황이 게임이라는 것을 알려주려 하는 모습이었다. 그 표정과 행동이 아직도 잊혀지지가 않는다.

물론 글을 쓸 때 많은 생각들이 도움 되는 것은 사실이다. 하지만 그걸 떠나면 대부분 내게 안 좋은 점들이 더 많다. 그래서 글을 쓰는 순간을 제외하곤 웬만하면 생각을 깊게 하지 않고 단순한 사고를 가지려고 노력하고 있다.

어떤 문제가 생기면 '이미 발생한 일인데 뭐, 앞으로 같은 실수를 반복하지 않으면 되지'라고 받아들인 후 웃어넘기려고 하다 보니 스트레스를 받는 일이 자연스레 줄었다. 단지 삶을 대하는 태도를 조금 바꾸었을 뿐인데.

한번 사는 인생 너무 많은 생각과 고민들로 나를 힘들게 하지 말자. 어차피 벌어질 일들은 벌어지게 되어있고 그 상황과 문제를 어떻게 바라보고 받아들이느냐에 따라 내게 스트레스를 주는 양이 많아질 수도 적어질 수도 있으니.

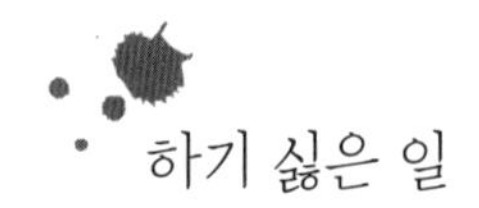

하기 싫은 일

내가 알고 있는 나 그리고 주변 지인들이 나는 하고 싶은 게 있으면 정말 끝까지 파고들어 해내고 관심이 없는 것은 거들떠보지도 않는다는 것. 맞다, 철이 들지 않았다고 볼 수도 있겠지만 호불호가 확실한 편이다.

하지만 그 예외가 하나 있었는데 바로 영어였다. 지금까지 꽤 많은 나라를 여행하기도 했고 외국인 친구들과 소통하는 것을 좋아하는 내겐 너무나 필요한 부분.

어머니가 내게 말하길 "도영아. 너 유치원 다닐 때 담임선생님께서 "도영이는 다른 친구들 다 낮잠 잘 때 안자요. 근데 공부할래 잠잘래하면 바로 눕더라고요"라고 말해주셨는데 그때부터 공부하기 싫어했던 것 같아"

사실 지금까지 살아오면서 좋아했던 일들은 알아서 찾아서 배우고 했지만 그걸 제외하면 제대로 공부를 했던 적이 없는 것 같다. 글을 쓸 때를 빼곤 책상에 하루 종일 앉아있는 상황 자체가 없었다. 그저 생존하기 위해 어떻게든 끼워 맞춰다고 표현해야 할까나.

그래서 내겐 공부가 특히 영어는 너무나 버겁다. 잘하고 싶은 마음은 굴뚝같은데 수준이 낮고 배우는 속도도 느려 점점 하기 싫어진다. 단기간에 결과가 보이지 않으니 흥미도 잃어간다.

그래도 꾸준히 하다 보면 좋은 결과가 있을 것이라 믿고 정말 하기 싫은 일인 영어공부를 하고 있다. 처음엔 힘들었는데 습관으로 만드니 오히려 안하면 마음이 불안해진다. 확실한 건 역시 노력은 그만한 보상을 준다.

우리는 살아가며 하기 싫은 일을 해야 할 때도 있다. 그것을 할지 말지는 본인의 선택이지만 그 일이 현재와 미래에 도움이 되는 것인지 아니면 자신을 망가뜨리는지를 잘 판단해야 할 필요가 있다. 그리고 막상 해보면 그렇게 싫지 않은 것도 있다.

어른

어른이란 어떤 사람을 뜻하는 것일까에 대해 생각해보기 시작했던 것이 '나의 아저씨'라는 작품을 본 후부터였다. 극중 남자 주인공인 배우 이선균이 맡은 역할은 자신의 인생도 여러 가지 일들로 인해 많이 힘든 상황인데도 사회 부적응자인 젊은 여자를 남들과 다르게 챙겨주고 보듬어주는 모습을 보인다.

그 젊은 여자에게 무엇을 바라는 것도 아니었고 다른 사람들은 다 욕을 해도 누군가는 도와줘야 하지 않겠냐며 그리고 세상에 안 좋은 부류의 나이 많은 사람만 있는 것이 아니라 이런 어른도 있다는 것을 알려주고 싶다는 듯한 뉘앙스를 풍긴다.

아직 젊은 편이라고 생각하지만 그래도 한 살씩 먹어가면서 나이가 많다고 다 어른은 아니라는 것을 자주 목격하고 느꼈었다. 자신의 일들을 책임지지도 못하는 것은 기본이고 가까운 사람이나 먼 타인에게까지 피해를 주는 것을 봤었으니까.

내가 생각하는 어른이란 자신의 일을 책임질 수 있고 타인에게 피해를 끼치지 않는 사람 그리고 도움을 필요로 하는 사람에게 자신이 할 수 있는 '무엇인가'를 해주는 것. 나 하나가 좋은 일을 한다고 세상이 바뀌진 않겠지만 그래도 한사람의 인생에 작은 희망을 심어주는 것.

이상주의적 사고라고 볼 수도 있겠지만 그런 어른들이 많아질수록 방황하는 젊은 친구들이 좋은 본보기로 삼고 더 나은 삶을 살아가려 노력하지 않을까? 그것이 어른이라면 지녀야 할 자세와 태도라 생각한다.

아직 갈 길이 멀지만 좋은 어른으로 성장하고 싶다. 그렇게 늙어가고 싶다.

이것만 이루면

다들 그런 생각을 한 번쯤은 해봤을 것이다. 이것만 이루면 내 인생이 괜찮아지겠지 혹은 달라지겠지 그러나 막상 이뤘다고 해도 상상했던 것만큼의 행복감은 찾아오질 않는다. 공허함에 허덕이며 또 다른 것을 목표로 삼고 그곳에 다다라야만 이상과 가까워질 것이라는 헛된 마음을 품는다.

물론 반대로 무엇인가를 이뤘을 때 행복감을 많이 느끼는 사람도 있겠지만 대부분은 큰 변화를 느끼지 못한다. 이 부분에서 우리가 생각해봐야 할 것은 살아가고 있는 오늘 하루 바로 지금 나는 어떤 감정을 느끼고 상태에 놓여있는지 체크를 해야 한다는 것.

무작정 미래에만 초점을 맞추고 희망을 가질 것이 아니라 지금의 내가 행복해질 수 있는 방법을 구체적으로 찾아야 한다는 것이다. 우리는 왜 열심히 살고 돈을 많이 모으려고 하며 좋은 배우자를 만나려 하는가? 이유는 각기 다르겠지만 공통으로 생각하는 최종적인 목적지는 행복이란 곳이지 않을까.

이것에 대해 진지하고 깊이 있게 정리하지 못하고 그저 바쁘게만 하루를 보내다 보면 자신의 상황이 좋든 나쁘든 언젠가는 '여긴 어디 나는 누구'라는 말처럼 길을 잃은 나를 발견하게 될 것이다.

타인의 시선을 아예 신경을 안 쓸 수는 없겠지만 그래도 자신에게 더 집중을 하고 질문을 던져야 한다. 어떤 것이든 그것에 대한 답을 하나씩 찾아갈수록 과거와 미래가 아닌 지금 현재의 더 포커스를 맞추고 살아갈 수 있을 것이다.

진부한 말이지만 정말 지나간 시간은 되돌릴 수 없고 우리에게 주어진 시간은 유한하다.

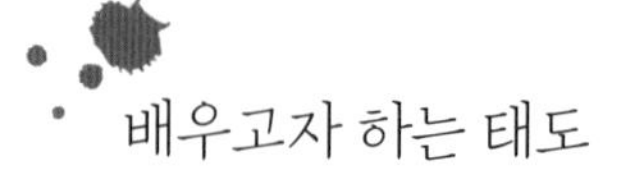

배우고자 하는 태도

예전엔 나와 맞지 않은 사람이 있다면 어떻게든 엮이고 싶지 않아 피할 수 있는 방법을 계속해서 찾았었다. 하지만 지금은 관념을 바꿨다. 내가 싫어하는 부류의 사람에게서도 장점이 있을 것이고 그것이 내게 필요한 부분이라면 배우고자 하려고 한다.

예를 들어 나는 일적인 문제로 어떤 남성을 알게 됐다. 그는 허세가 심한 편이었는데 내가 피하고 싶은 유형의 사람과 아주 흡사했다. 말하는 내내 불편하긴 했지만 그의 장점을 찾아보려 애썼다.

처음엔 '내가 앞으로 이 사람과 일을 같이 해야 한다고?' 싶었다. 하지만 대화를 나눌수록 그의 허세가 과장이긴 했지만 그래도 추진력과 경험이 남들보다는 우수하다는 생각이 들었다. 그렇다고 좋은 감정을 느끼는 것은 아니었다. 장점을 보기 시작하니 한결 마음 편히 지낼 수 있었다

이처럼 나와 성향이 다른 사람에게서도 배움을 얻고자 하는 마음을 살아가며 만나게 되는 모든 사람들에게 적용한다면 조금은 인간관계에서 오는 회의감이 적어지지 않을까? 물론 좋게 생각하려고 해도 그럴 수 없는 사람이 있을 텐데 그 부류는 피하는 게 상책.

이러다 보니 사람을 함부로 판단하는 실수를 저지르지 않게 된다. 어렵겠지만 조금씩 자신에게 긍정적인 변화를 주려고 노력해보자. 지금보다 더 나은 사람이 되는 것만큼 좋은 것이 또 어디 있겠는가.

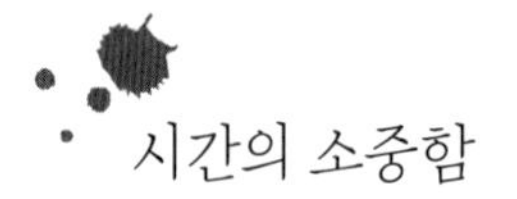

시간의 소중함

나는 내가 하겠다고 마음을 먹으면 그게 무엇이 됐든 해낼 때까지 하는 경향이 있다. 물론 좋은 결과를 가져오기엔 너무나 좋은 마음가짐이겠지만 세상 사는 일이 모두 자신의 마음대로 되지 않기에 일을 해나가는 과정 속에서 많은 스트레스를 받는다.

그러다 어느 순간 그동안 과도하게 달려와서 그런지 모든 것에 급제동이 걸린다. 무기력한 모습이 짧은 며칠이면 괜찮지만 생각 없이 하루 이틀을 보내다 보면 어느새 시간이 금세 지나 있다.

나는 마음이 약해질 때마다 동기부여가 되는 것들을 많이 찾아보곤 하는데 전체적인 내용이 마치 '시간의 소중함'을 전하고 싶은 듯한 영상 하나를 우연하게 보게 됐다. 처음엔 별생각 하지 않고 봤는데 보면 볼수록 반성할 것들이 쏟아져 나오는 것만 같았다.

영상에서 가장 강조했던 것은 우리는 생각보다 하루 24시간을 제대로 활용하지 못한다는 것이었다. 즉, 무의미하게 흘려보내는 시간들이 많고 그것을 자신도 인지하고 있지만 변화를 주지 못해 스스로에 대한 자괴감에 빠지는 경우가 다반사라는 것.

생각해보면 나도 나름 당일 할 일들을 전날 자기 전에 정해놓고 지키려고는 하지만 여러 가지 변수들로 인해 꾸준하게 하지 못했던 것이 많았다.

그때 이후부터 난 나 스스로를 혹사시킨다는 생각이 들지 않는 선에서 내게 주어진 시간을 최대한 잘 활용하려고 노력 중이다. 처음이 어렵지 습관으로 만들면 꽤 좋은 결과를 맛볼 수 있다. 현재 자신이 처한 상황이 바쁘든 무기력하든 어떻든 한 번쯤은 시간에 대해서 깊게 생각해 볼 필요가 있다.

왜 젊음을 부러워할까?

성인이 되고 나이가 꽤 있으신 분들에게 많이 들었던 것 중 하나가 "젊어서 좋겠다. 나도 그랬던 시절이 있었는데"라는 말이다. 처음엔 말하는 분도 분명 이 시기를 지났을 텐데 굳이 이렇게까지 부러워할 필요가 있나 싶었다. 이미 겪은 일이지 않나 싶기도 하고.

그래서 나중에는 많이 듣다 보니 '아 네 그렇군요'라는 영혼 없는 대답이 튀어나오기 일쑤였다. 나는 가끔 좀 엉뚱하다고 말해야 되나, 어떤 궁금증에 대해 끊임없이 생각을 해서 나만의 해답을 찾아내고야 만다.

이번엔 '왜 연세가 있으신 분들은 젊은이들을 보고 항상 그런 말을 하시는 걸까?'에 대한 물음이었다. 그러다 과거 어떤 어르신과 대화를 나눴던 것이 생각났었는데 그분이 말씀하시길,

"내가 젊은이들을 보고 부러워하는 이유는 그 나이 때는 무엇을 해도 다시 일어설 수 있는 시간이 주어지기 때문이야. 조금

더 강조해서 말하자면 '책임지는 것이 없는 시기'를 뜻한다는 거야. 가정환경과 각자가 처한 상황이 모두 다르기 때문에 나이가 어리다는 이유만으로 부러워하는 것은 아니야"

그 순간 왜 그때의 대화가 떠오르는지 모르겠지만 적절한 해답을 찾아낸 것 같은 기분을 느꼈다. 맞다. 젊다고 모두가 자신에게만 집중할 수 있는 시기가 아니다. 누군가는 어린 나이부터 많은 것을 책임지기도 하니까.

그래서 평생 다시 오지 않을 그 귀중한 청춘의 시기를 헛되이 살지 않기 위해 열심히 살아야 한다는 말이 있구나.

당신의 인생이 왜
힘들지 않아야 된다고 생각하십니까?

가끔 우연히 본 글귀나 영상들이 가슴속에 오랫동안 남는 경우가 종종 있다. 지인이 메신저로 보내준 영상이었는데 배우 박신양의 러시아 유학시절 내용이 담겨있었다. 그는 선생님께 이런 질문을 했디고 한다.

"선생님 제 인생은 왜 이렇게 힘든 걸까요? 도무지 모르겠습니다"라고. 그러자 선생님은 "당신의 인생이 왜 힘들지 않아야 된다고 생각하십니까?"라는 답을 줬다고 한다. 보는 나도 뒤통수를 제대로 맞는 기분을 느꼈는데 당사자는 오죽했을까 싶다.

맞다. 우리는 언젠가부터 인생은 힘들지 않아야 행복하다고 착각하고 있었다. 삶의 전체를 바라봤을 때 과연 우리가 말하는 '행복'이라는 감정을 느낄 수 있는 시간이 몇%를 차지할까. 대부분은 우리가 힘겹다고 말하는 그 순간들이지 않을까?

박신양은 끝으로 이런 말을 덧붙인다. "인생을 살아가면서 행복한 순간보다 힘들다고 느끼는 시간들이 더 많을 텐데 그것을 부정하려 하고 사랑하지 않는다면 우리는 어떤 삶을 살아갈까요?"라고.

영상을 보고 그 질문에 대한 생각을 많이 했다. 가끔 이렇게 나의 사고방식을 송두리째 바꿀 것만 같은 메시지를 만났을 때만큼 좋은 순간도 없다. 쉽진 않겠지만 고통을 느끼는 순간도 사랑할 수 있도록 노력해야겠다. 그러다 보면 조금씩 삶의 질이 높아지지 않을까.

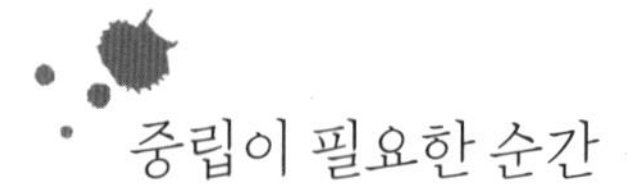

중립이 필요한 순간

며칠 전 내가 아는 지인들끼리의 언쟁이 시작됐다. 생각보다 더 공적으로도 문제가 될 꽤 큰일이었는데 사실 둘과 그렇게 친한 사이가 아니라 그냥 그런가 보다 넘겼다. 그런데 한쪽과 관련이 있는 곳에서 전화가 오더니 다른 지인에 대해 안 좋은 점을 묻는 것이었다.

어느 정도 눈치가 있는 사람은 나에게 왜 그런 질문을 했는지 바로 캐치할 수 있다. 나는 이 문제들과 엮이고 싶지 않아 잘 대답을 하긴 했지만 통화가 끝나고 '이 내용을 당사자에게 전달을 해주지 않아도 괜찮은 걸까?'라는 생각이 들었다.

나는 정말 타인과 관련된 일과는 연관되고 싶어 하지 않는 성격이라 대부분 중립을 잘 지키는 편인데 이 말을 전달하지 않으면 사람으로서의 도리가 아니라는 생각 때문에 어쩔 수 없이 그 내용을 당사자에게 말해줬다. 험담은 아니었고 그대로의 사실을 알려준 것.

그런데 문제는 당사자가 내가 얘기한 내용을 퍼트리면서 내 입장이 곤란해졌다. 나는 정말 걱정되는 마음으로 전달해 준 것인데 나에 대한 배려는 어디 갔는지 없고 자신만 생각하는 당사자가 괘씸하게 느껴졌다.

이해가 안되는 것은 아니나 오로지 자기만을 위해서 그런 행동을 하는 것은 객관적으로 보더라도 잘못됐다고 본다. 그 이후 사과를 받긴 했지만 앞으로는 '사람으로서의 양심도 중요하지만 어떤 문제와도 엮이지 않는 자세와 태도를 갖추는 것도 필요하다'라는 것을 느꼈다.

우리는 살아가면서 나든 타인이든 관련된 문제와 자주 맞닥뜨리게 되는데 그때 흔들리지 않고 나 자신을 위해 중립을 지키는 것이 필요하다는 것을 알아야 한다. 그렇다고 자기만 생각하면서 살라는 말은 아니니 오해하지 말 것.

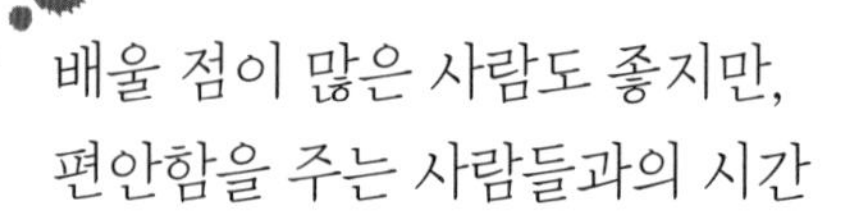

배울 점이 많은 사람도 좋지만, 편안함을 주는 사람들과의 시간

요즘 온라인으로 무엇을 하든 자기계발 및 부자 되는 법 같은 콘텐츠들이 쏟아진다. 처음엔 호기심 때문에 나쁘지 않게 보곤 했는데 너무 과하다 싶을 정도의 양이 지속적으로 나타나니 조금 지겹기도 했고 싫증이 났다는 표현이 맞을 것 같다.

그리고 그런 콘텐츠에서 많이 언급됐던 말 중 하나가 "성공하고 싶으면 주위 환경과 만나는 사람부터 바꿔라"였다. 틀린 말도 아니고 확실한 방법인 것도 맞지만 나는 늘 그렇듯 반문하는 듯한 생각을 떠올렸다.

'그 말이 일리 있다고 생각하지만 나와 가까운 모든 사람이 다 그런 부류의 사람이라면 정말 괜찮을까?'라고. 살아가면서 사회적으로 성공을 하고 경제적으로 여유를 갖는 것도 중요하지만 그것을 이루려는 궁극적인 목적은 대부분 행복하기 위해서 일텐데 외적인 부분만 갖춘다고 좋은 감정을 제대로 느낄 수 있냐는 것.

배울 점이 많은 사람들을 곁에 두는 것도 정말 중요하겠지만 만나기만 해도 나의 진짜 모습을 보여줄 수 있고 편안하게 시간을 보낼 수 있는 사람이 있다는 것도 인생을 살아가며 꼭 필요한 부분이지 않을까.

내가 힘들 때 "그런 고통을 느끼는 것은 당연한 과정이야. 포기하지 말고 버텨 그리고 이겨내"라고 말해주는 사람도 삶에서 꼭 필요하겠지만 "도영아. 포기해도 괜찮아. 힘들면 잠시 쉬어가"라고 따듯한 위로를 건네는 사람도 있어야 한다고 생각한다.

그렇다고 저렇게 특정지어서 사람을 나누고자 하는 것은 아니다. 난 고정관념이 없는 사람이다. 다만 성장하고자 하는 마음도 좋지만 내가 불안정할 때 나를 편안하게 해주는 사람을 곁에 두기 위한 노력도 해야 된다는 것을 말하고 싶었다. 행복하기 위해 자신이 사랑하는 사람들과 보내는 시간이 차지하는 비중이 크니까.

어제보다 나은 오늘

그동안 나름 다양한 경험으로 자신감을 차곡히 쌓아왔었는데 관계에서 오는 회의감과 경제적인 부분에서 자유롭지 못하다는 것 때문인지 불안정한 마음들이 자주 찾아오곤 한다.

그렇게 무기력한 일상이 반복되다 이대로 계속 가다간 정말 인생이 망가질 것 같아 뭐라도 해야겠다는 생각이 들었다. 그때 때마침 어느 한 글을 보게 됐는데 "다른 사람과 자신을 비교하는 것만큼 멍청한 것이 없다. 어제보다 나은 오늘을, 오늘보다 나은 내일을 살아간다면 그것으로 충분하다."

어차피 내 인생은 내가 사는 건데 나에게 더 집중하고 성장하기 위해 시간을 사용해도 모자랄 판에 부질없는 자격지심과 열등감을 느끼고 있는 게 정말 바보 같았다. 그때부터 하루의 스케줄을 체계적으로 계획했고 처음엔 어려웠지만 꾸준히 나와의 약속을 지켜나가다 보니 불안함이 강했던 시기는 지나가고 안정된 마음을 서서히 갖기 시작했다.

온전히 나 자신에게만 집중하다 보니 크게 스트레스를 받는 일도 없었고 예전엔 기억도 못할 고민들을 많이 했었다면 이젠 그 시간마저 짜여진 대로 행동을 하다 보니 잡생각도 자연스레 사라졌다.

누구나 살면서 이와 같은 시기를 맞을 텐데 어차피 다들 겪는 거고 당연하다고 받아들인 후 그저 나에게 더 집중하다 보면 무의미하다기 보단 아, 삶에서 꼭 필요한 시간이었다는 것을 알 수 있을 것이다. 비교를 할 거면 과거의 나 자신과 하자. 그건 스스로에게 좋은 영향을 끼칠 테니.

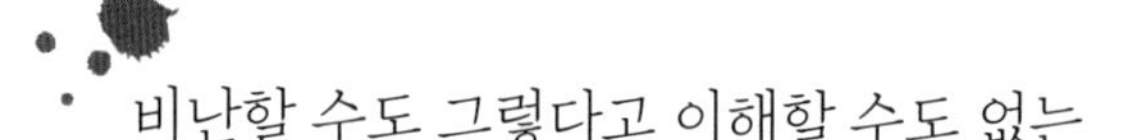

비난할 수도 그렇다고 이해할 수도 없는

운동을 마치고 집으로 돌아가는 길이었다. 골목으로 들어가 식당이 모여있는 곳을 지나가려고 하는데 꽃게를 파는 음식점 앞에서 어른 두 분이 다투고 계셨고 주위에선 사람들이 멀리서 지켜보고 있는 모습을 보였다.

처음부터 보고 있었다는 분이 전해주기론 노숙자분께서 계속 음식점 앞에 앉아 술을 마시고 소리를 지르며 영업을 방해했다는 것이었다. 사장님께선 좋게 말을 하고 보내려고 했지만 노숙자분께서 흥분을 하며 이유 없는 행패를 부리고 있다고 했다.

예전 같았으면 무조건 노숙자분을 비난하거나 그랬겠지만 이제는 어쩌다 저렇게까지 무너지셨을까란 안타까운 마음도 함께 든다. 얼마나 고통스러우면 누군가에게 분풀이를 하고 싶어 잘못된 행동을 계속해서 범할까를 말이다.

하지만 그렇다고 이해가 된다거나 그렇진 않다. 현재 본인의 상황이 어떻게 됐든지 타인에게 피해를 끼치는 것은 도덕적으로도 옳지 않은 모습이니까.

실랑이는 계속됐고 결국 사장님께서 경찰을 부름으로써 상황은 정리됐다. 일상을 보내며 가끔 이와 같은 상황을 마주하게 되는데 그럴 때마다 무작정 비난할 수도 그렇다고 이해할 수도 없는 기분을 느낀다.

기대와 부담의 차이

나는 글을 쓰는 사람이긴 하지만 전문적으로 배워본 적도 없고 아직 많이 부족하다고 생각한다. 그저 다양하게 계속해서 읽었고 사소한 것이라도 글로 기록하는 습관을 들이다 보니 내 생각과 감정을 풀어낼 정도의 수준은 갖추게 됐다.

한글을 좋아하는 난 가끔 뜻은 다르지만 내가 생각했을 때 어딘가 묘하게 비슷한 느낌이 드는 단어들을 비교해보곤 하는데 이번에 말하고자 하는 것은 바로 기대와 부담이다. "응? 도대체 뭐가 비슷하다는 거지"라는 생각이 드는 것이 정상이다.

하지만 나는 조금 다르게 생각해봤다. 둘 다 '무엇인가를 이루고 싶다는 마음'을 갖고 있다는 것. 즉, 기대란 어떤 일이 원하는 대로 이루어지기를 바라면서 기다리는 것이고, 부담은 어떠한 의무나 책임을 가졌기에 생각하는 일이 결과로 나타나길 바라는 것이다.

우리는 살아가면서 기대와 부담 둘 중 어느 것을 더 느끼면서 살아가고 있을까에 대한 궁금증이 생겼다. 사람이라면 무엇을 성취하고 싶은 욕구가 드는 것은 당연한 것이지만 보통 너무 많이 그것에만 몰두하는 상황이라면 원하는 그림을 그려내지 못하는 경우가 많다.

삶을 살아가며 바라보는 시선이 한 가지에만 있으면 탈이 날 확률이 높은 것은 당연한 것이니까. 어느 게 옳고 그르다를 말하고 싶은 것은 아니고 나는 지금 모든 일을 대할 때 어떤 마음가짐을 더 많이 갖고 있는지를 한 번쯤은 되돌아봤으면 좋겠다는 생각이 든다.

그렇게 고민한 끝에 자신만의 적정선을 찾는다면 스트레스를 받는 일이 적어지지 않을까 싶다. 인생에 정답은 없는 것이 맞으나 뭐든지 적당하게 골고루 섞여있는 게 좋지 않은가. 어떤 선택을 할진 본인 스스로에게 달려있다는 것을 알자.

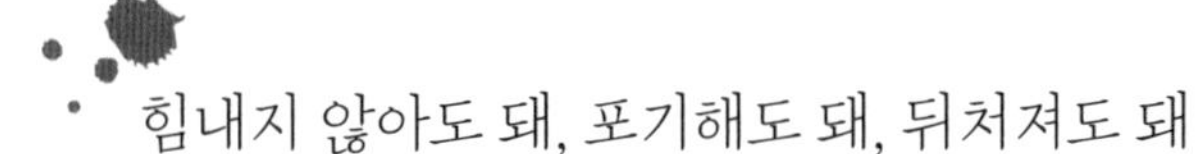

힘내지 않아도 돼, 포기해도 돼, 뒤처져도 돼

누구나 살아가면서 위기라고 생각이 들 만큼 힘든 시기를 겪곤 한다. 이유는 모두 다르겠지만. 그때마다 우리가 많이 들었던 말은 "너만 힘든 거 아니야. 다 그런 시기를 겪어. 포기하지 마 할 수 있어. 오늘 대충 하루를 보내면 다른 사람들이 치고 올라올 텐데?"라는 반응들.

반대의 경우도 간혹 있긴 하겠지만 대부분 자신과의 싸움에서 이겨야만 한다는 뉘앙스로 불필요한 조언을 하곤 한다. 당사자의 입장이 아니라면 그 사람이 느끼고 있는 고통을 절대 알 수 없다.

각종 온라인에서도 동기부여와 자기계발을 계속해서 외치고 있는데 나에게는 그럴 힘이 없는 상황이라면 자신에 대한 불확실성과 미움은 더 커질 것이다. 그게 우리가 말하는 자존감과 관련된 것이겠지.

그런데 나는 그럴 땐 아예 아무것도 하지 않는 것도 방법이라고 생각한다. 어설프게 따라 하거나 이겨내려고 애쓰다 더 망가지기만 한다. 그래서 힘내지 않아도 된다고, 포기해도 된다고, 뒤처져도 된다고 말해주고 싶다.

그렇다고 계속 그 상황에 머물고 있으라는 소리가 아니라 엔진이 고장 나면 수리 기간이 필요하듯 우리도 재정비할 시간이 때마다 주어져야 한다는 사실을 받아들여야 한다는 것이다. 그리고 "남들보다 빨리 무엇인가를 이루고 가질 거야"라는 욕망만 내려놓아도 정신적으로 부담을 덜 수 있다.

조금 천천히 가더라도 꾸준하게 갈 수 있는 체력을 유지하는 것이 좋지 단기간 레이스만을 생각하고 살아가다 보면 분명 언젠가는 탈이 나게 되어있다. 자신을 다그쳐야 하는 시기도 필요하지만 보살펴야 하는 때가 있다는 것을 알아야 한다.

단점을 장점으로 바라보는 시선

세상을 살아가는 사람 중 모든 면에서 완벽하다고 말할 수 있는 사람들이 있을까? 그 근처에 다다랐다는 위인은 있을 수 있어도 이외엔 누구나 티 내지 않을 뿐 조그만 빈틈은 갖고 살아갈 것이다.

지금 내가 생각하는 나의 단점으로는 '예민함, 많은 생각, 하기 싫은 일을 하지 않는 것, 이유 모를 사랑의 두려움' 정도가 있다. 더 찾으라면 찾을 수 있겠지만 이 글을 쓰는 현재 내 자신을 객관적으로 봤을 때 가장 크게 보이는 것이 이 4가지다.

예전 같았으면 나의 단점을 가리기 위해 애썼을 것이고 드러내는 것을 꺼려했겠지만 이젠 이것을 그저 단점으로만 생각하고, 나를 망가뜨리는 일로 만들지 않기 위해 현실적으로 어떻게 좋은 쪽으로 승화를 해나갈지를 생각하는 편이다.

그렇다 보니 내가 가진 단점을 어떻게 하면 나의 삶의 플러스 요인으로 만들 수 있을까를 계속해서 머릿속으로 그렸고 결국은 완벽한 해답은 아니겠지만 각각에 맞는 답을 내릴 수 있었다.

예민함은 나를 고통스럽게도 하지만 남들이 보지 못하는 것을 볼 수 있게 그리고 글을 쓸 때 조금 더 섬세하게 표현할 수 있는 힘을 발휘할 수 있게 해주고, 많은 생각은 나에 대한 이해를 더욱 깊이 할 수 있으니 내가 바라보는 나를 조금 더 잘 알 수 있게 해준다.

하기 싫은 일을 하지 않는 것은 오히려 반대로 생각해보면 어차피 제대로 못할 일을 제외하고 내가 몰두할 수 있는 것을 찾을 수 있게 해주는 것이고, 이유 모를 사랑의 두려움은 내가 현재 갖고 있는 상처와 결핍이 무엇인지 파악하게 해 스스로를 치유해나가고 성숙해질 수 있도록 도와준다. 내가 올곧아야 누군가를 진심으로 사랑해 줄 수 있지 않을까.

이렇듯 나는 인생을 살아가며 그때마다 내가 갖고 있는 단점을 장점으로 바라보려는 시선을 가지려고 노력한다. 무턱대고 '긍정적으로 생각하세요'를 말하고자 하는 것이 아니라 구체적으로 나만의 답을 찾아낼 수 있어야 단점이 나의 인생을 망가뜨리는 일을 예방할 수 있고 조금 더 나은 내 모습을 만들어갈 수 있다.

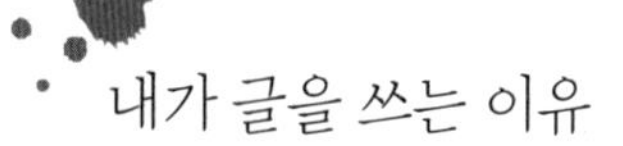

내가 글을 쓰는 이유

사실 나는 작가라는 소리를 듣기가 아직은 부끄럽다고 생각한다. 전에도 말했지만 글이란 것을 제대로 배운 적이 없는 사람이고 나의 단어 선택이라든지 문장의 매끄러움이 아직 부족하다고 여기기 때문.

누군가 내게 이렇게 물었던 적이 있었다. "도영씨 근데 글은 왜 쓰는 거예요?"라고. 순간 질문이 왜 이렇지 싶었지만 한동안 머릿속에서 떠나가질 않았다. 나조차도 그것에 대한 답을 알지 못하고 그저 쓰는 것이 좋아서 썼을 뿐이었으니까.

그래도 곰곰이 생각해 보니 몇 개의 이유가 있었는데, 첫 번째로 나는 어렸을 때 받았던 상처와 가지게 된 결핍들 때문인지 남들보다 예민성이 높고 불안한 마음을 과하게 느낄 때도 있다. 스스로에 대한 불확실성도 있고.

그런데 글을 쓸 때만큼은 이 모든 부정적인 감정들이 어디로 사라졌는지 느껴지지 않고 온전히 지금의 나로서 집중하게 되고 마음이 편안해지는 것을 느낄 수 있다.

두 번째로는 나는 나와 같이 감정이 유별난 사람들이 꽤 많다고 생각하고 있다. 내가 정신과 마음적으로 흔들릴 때마다 좋은 글귀를 보면 평정심을 되찾아가듯 내가 쓴 글이 누군가에게 조금이나마 공감이 되고 따듯한 위로가 되길 바라면서 글을 쓰고 있다.

간혹 개인적으로 연락을 주는 독자의 진정 어린 말들이 내가 더 좋은 글을 쓰고 싶게 만든다. 그래서 부족하더라도 꾸준히 쓰려고 노력하고 있다.

마지막으로는 글을 쓰면서 나에 대해 조금 더 자세하게 알아갈 수 있는 것이 좋고 책이란 것은 그리고 글이란 것은 내가 이 세상을 떠나더라도 기록으로 남겨진다는 점이 나의 마음을 사로잡았기 때문이다.

나이를 먹어가도 나는 계속해서 꾸준히 쓸 것이다. 잘 쓰는 것보다 매일매일 써 내려가는 글들이 중요하다는 것을 이번에 새삼 다시 느끼고 있으니까. 단 한 사람에게라도 나의 글이 좋은 영향을 줄 수 있다면 내가 글을 쓰는 이유는 충분하다.

글을 마무리하며

사실 첫 책을 쓰면서, 물론 읽는 독자에게 도움이 될 만한 정보를 제공하는 목표도 있었지만 세계여행과 프로젝트를 마무리하면서 나의 기록물을 남겨야겠다는 생각이 강했다.

그런데 이번에 쓴 책은 내가 직접 경험한 것을 위주로 풀어냈지만 읽는 이가 어떻게 생각하고 느낄 수 있을지에 대해 많이 고민하고 그에 맞게 수정을 거듭했다. 나보단 독자를 더 생각하면서 썼다는 뜻으로 이해해도 된다.

그만큼 애정이 많이 가는 글들이다. 이번 책을 계기로 나 스스로도 나를 작가로서 인정할 수 있을 것이라는 생각이 든다. 읽는 사람들에게 어떤 영향을 줄 수 있을까에 대해 진지하게 고뇌했다는 점을 가장 칭찬해주고 싶다.

내가 쓴 글들이 읽을 때 어렵지 않았으면 좋겠다. 그저 옆집 아주머니 아저씨가 자신이 겪었던 옛날이야기를 들려주듯 그렇게 다가갔으면 한다.

읽는 사람이 "아 맞아, 나도 이런 생각을 한 적이 있고 그런 상황을 겪은 때가 있었는데. 나만 이런 감정을 느끼고 이렇게 살아가는 게 아니었구나"라는 공감과 생각을 할 수 있다면 내가 이 책을 쓰기 위해 노력했던 것들이 헛되지 않았음을 느낄 것이다.

오랫동안 기억에 남지 않아도 괜찮다. 다만 이 글들이 읽는 당시 독자의 마음을 조금이라도 어루만져 줄 수 있길 소망할 뿐이다.

부디, 당신이 평범한 일상 속에서

따듯함을 느끼며 살아가길 바랍니다.

* 지구를 위해 친환경재생지를 사용합니다.

평범한 일상, 그리고 따듯함

초판1쇄 2021년 5월 7일
지 은 이 장도영
펴 낸 곳 하모니북

출판등록 2018년 5월 2일 제 2018-0000-68호
이 메 일 harmony.book1@gmail.com
전화번호 02-2671-5663
팩 스 02-2671-5662

979-11-89930-87-5 03810

값 15,000원

이 도서의 국립중앙도서관 출판예정도서목록(CIP)은 서지정보유통지원시스템 홈페이지(http://seoji.nl.go.kr)와 국가자료공동목록시스템(http://www.nl.go.kr/kolisnet)에서 이용하실 수 있습니다.